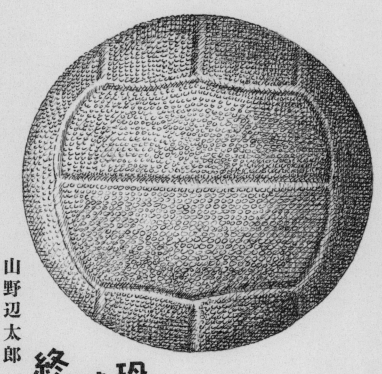

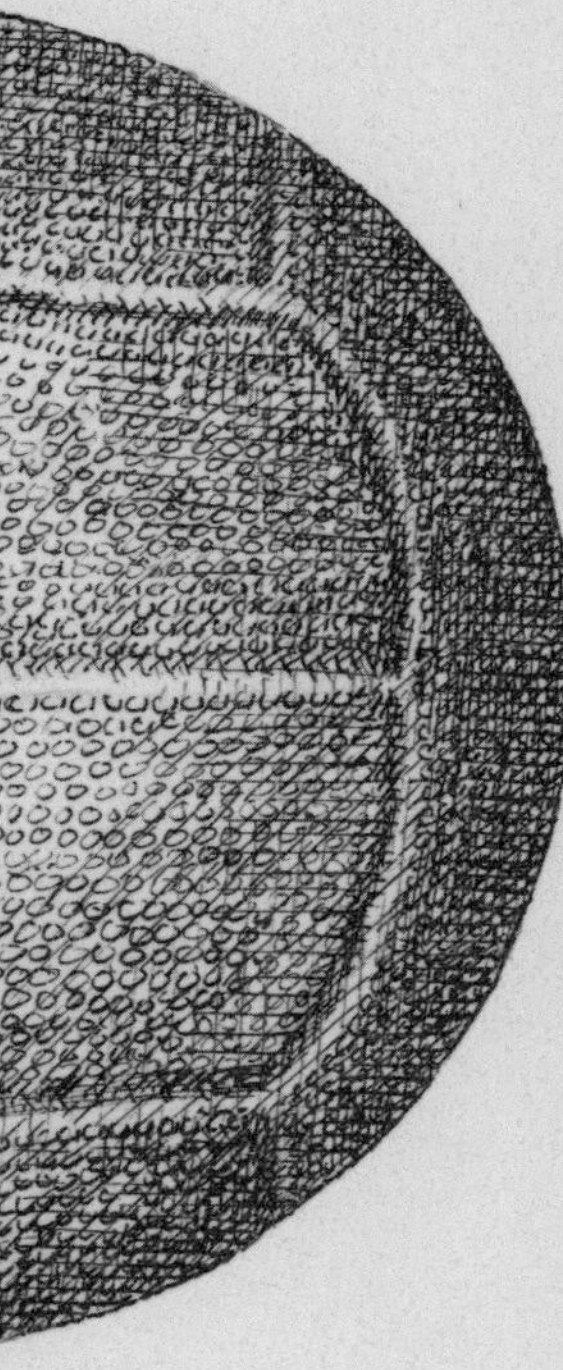

恐竜時代が終わらない

山野辺太郎

書肆侃侃房

もくじ

装丁　アルビレオ
装画　ひうち棚

恐竜時代が終わらない

ただいまご紹介いただきました岡島謙吾です。ふだんは所沢のスーパーの鮮魚売り場で働いています。どうも皆さん、こんにちは。

わたし、講演というのは初めてなんです。生まれてこのかた半世紀、誰かの講演を聴きに行ったことさえありません。講演とはどんなものかもよくわかっていないのに、こうしてしゃべりはじめているわたし。本当にこんなことが起こってるんでしょうか。自分でもびっくりしています。いま、話を聴いている皆さんこそ、この驚くべき現実の何よりの証人であり、この現実の一部でもあるわけです。どうか皆さん、そんなに驚かせないでください、このわたしを。

どうしてこうなったのか。きっかけは一通の手紙です。差出人は、世界オーラルヒストリー学会の日本支部長でいらっしゃる、蓮田《はすだ》由理子先生です。正直に申しますと、封筒に記されていたこの学会の名前を見た時点で、身に覚えはないけれど、なんだか面倒なことに巻き込まれそうだな、と感じたものでした。そもそもオーラルヒストリーとは何か。まあ、ヒストリーというからには歴史に関係があるんだろうと思ったわけです。便箋を取り出しますと、蓮田先生というのは古風なかたのようで、文面は手書きでした。そのときには、とくに講演を頼まれたわけではなかったんです。ただ、恐竜時代の出来事のお話をぜひ聞かせていただきたい、と書いてありました。恐竜時代の出来事？　なぜ、そのことを……。手紙を読んだときの驚きといったら、所沢中に響くほどの大声で「ウォーッ」と……、すみません、でかすぎましたか、それこそ恐竜みたいに雄叫びをあげたいくらいでした。でも、壁の薄いアパートのひとり住まいです。近所づきあいもほとんどなく、目立たないように、なんの変哲もない人間の一員としてひっそりと暮らしているものですから、トラブルの種をまくわけにもいかず、無言で驚きを嚙み殺しました。

歴史を研究する学者さんが、恐竜時代のことにまで首を突っ込むのか？　何しろ一億五千万年も昔の出来事です。この場に招かれたのがなんらかの手違いの結果でなければよいのですが、ここまで来たらわたしも突き進むよりほかはありません。恐竜たちよ、きっと大丈夫だから、記憶の底から出ておいで。そんなふうに胸のうちで呼びかけつつ、喉のウォーミングアップがてら、恐る恐る語りはじめているわけです。

日頃は、皆さんのいる学問の世界とはあまり縁のないところで暮らしております。ですが、きょうはこうして大学の敷地に足を踏み入れまして、迷路に入り込んだみたいにだいぶうろちょろしたすえに、どうにかこの会場へたどり着きました。イチョウ並木のしたに、色鮮やかな落ち葉に交じって、ずいぶんギンナンが落ちていましたね。こんなことならビニール袋を持ってくればよかった。それでも帰り際に、ポケットに突っ込んでいくらか持って帰ろうかと思っています。

高校生のころには、わたしも大学に進んで、原始人の石器やなんかを扱う考古学の勉強をしてみたい、なんて考えたこともあったものです。けれども家計に余裕がなかったものですから進学はせず働きに出まして、この三十年あまりのうちにずいぶんと職を変えました。本当に思い出したくもないことばかり……。自己紹介も兼ねて、思い出したくもない話を少しいたしましょう。

若いころに健康食品の訪問販売をしたことがあったんです。謎めいた天然成分のあれこれからこしらえた薄茶色の錠剤みたいなものの瓶詰めで、けっこう高級な品でした。これをカバンに入れて一軒一軒、訪ね歩いたんですが、なかなか取り合ってもらえません。住民のかたが出てきてくれたと思ったら、玄関先で怒鳴られたり、延々とお説教を受けたり、ちりと一緒にほうきで掃き出されたり、あとは腐った柿の実ですか、そんなのをぶつけられたりもしました。さっぱりノルマは果たせず、営業所に帰ればひたすら所長に罵倒される始末です。それで追い詰められまして、体はだるいし、気持ちも上向かない。この仕事を続けていくことに、いや、ただ生きているということにすら、言い知れぬ空しさを感じるようになっていました。

あるとき、仕事の途中でくたびれ果てて公園のベンチに腰を下ろし、かたわらのポプラの木をぼんやりと見上げていました。生い茂った葉っぱは日の光を含んで黄緑色に照り映えています。草食恐竜のように、葉っぱを食って生き延びられたらよかったのに……。目を閉じると、ジュラ紀の森の光景が脳裏に広がっていきます。しばらくその場に身を置いて、静かに息をしながら心を鎮めていきました。もう少し、がんばってみるか。そう思って、ゆっくりとまぶたをひらきます。ふと、ベンチのとなりに置いたカバンに視線を落とし、なかから売り物の瓶を取り出しました。これを飲んだら健康になれるのか？　わたしは瓶のふたをあけました。一瓶の半分くらいですかね、口に入れて嚙み砕き、これは苦いと思いながら水飲み場で喉に流し込んだんです。苦さの分だけ効き目があるような気がしました。

仕事に戻りまして、訪ねたお宅でさっきの瓶を差し出すと、

「見てください。わたしも飲んでまして、これが体にいいんです」

そんなふうに売り込んでみたんですが、応対してくださったおばあさんから、けげんそうに、

「でも、顔色が悪いようですよ」

と指摘されてしまいました。道を歩くうちに、めまいがしてきまして、かろうじてさきほど

の公園にたどり着いてベンチで休んでいましたら、腹まで痛んできました。これは、とんでもないものを売り歩いていたのかもしれないぞ。悲しいやら悔しいやらで、いても立ってもいられない気分になりました。すぐにでも営業所に帰って、所長にいっちょ、もの申してやろう。これも錠剤の副作用だったのかもしれませんが、にわかに気が大きくなってきました。めまいも腹痛も、興奮にかき消されたようで、相変わらず顔色は悪かったでしょうけれど、営業所へと急ぎました。

「こんな商売はやめましょう」

所長にそう言ってやりました。すると、どうでしょう。胸ぐらつかまれて膝蹴り食らうわ、売り物を勝手に飲んだ罰金とかで給料をゼロにされるわで、出ていけ、とどやしつけられました。あのときの所長のひんむいた目を血走らせ、口のはしに泡を浮かべて迫ってくる形相を思い起こすといまでもオシッコちびりそうになりまして、だから思い出したくないと言ったんです！　皆さん、ピンロガン、確かそんなような名前でしたが、あれは効きません。本当に効きませんのでお気をつけください。

内気な性分を克服したくて営業やら販売、飲食など、人と接する仕事をあえて選んで転々としました。ですが、けっきょくおどおどするばかりで失態を重ねるうちにいたたまれなくなることがほとんどでした。わたしが何かしでかさなくても勤め先のほうで勝手に倒産するなんてことも一度ならずありましたし、社長の夜逃げを手伝わされたこともありました。不動産屋や八百屋のチラシなんかをほそぼそと請け負う印刷所の社長です。資金繰りが悪化して、借金の取り立てから逃れる必要が生じたわけですが、行き先も知らない社長を無事に送り出したあとで、そういえばわたしも最後の丸一ヶ月分の給料をもらいそこねたようだと気がつきました。むしろ借金取りの側に立つべきだったわたしに、社長は夜逃げの荷造りをさせたのです。悪い人には思えなかったのですが、よほど急いでいたのでしょう。わたしとしては金がなくて困りましたが、どうしようもない。しばらく安売りのモヤシばっかり食って過ごしました。わたしはあの社長の再出発のために、貧しいなかから寄付をした。そんなふうに考えてみると、ピンロガンの所長の件より、いくらかマシな一件だったのかもしれません。

勤めて五年あまりになるいまのスーパーでは、ようやく平穏に過ごしております。人の相手をするより魚の相手、それもせいぜい尾びれをピタンピタン動かすか、小さな口をクパックパッとさせるか、そいつもエラの隙間にすっと包丁を突き刺してやればすぐにおとなしくなりますし、あとは最初っから身じろぎもせずひんやりとして横たわっているようなのばかりですから、少しも怖いことはありません。

それまでは、崖の底から無理にでもよじ登ろう、這い上がろうとしては転げ落ちることを繰り返してきたような具合だったのですが、性に合わない悪あがきはやめて、いまいる場所に腰を落ち着けて静かに暮らしていけばいいのだと、ようやくそんな心境に至ったような気がします。ときがめぐれば、深い谷底にもやわらかな日差しが降りそそいでくるものなのでしょう。まわり道を散々さまよった挙げ句、生まれ育った飯能《はんのう》から所沢へと、わたしの人生はほんのちょっと移動したにすぎませんでした。

飯能というのは所沢からいくらか山のほうに入ったところ、秩父山地の外れのあたりにあります。縄文時代の遺跡がずいぶんあって、もっと古い時代の遺跡なんかも見つかっていたものですから、小学生だったころには発掘ごっこといいますか、そこらじゅうに穴を掘って石器を探しまわったものでした。探すだけじゃなく、自作したこともありました。石に石をぶつけて叩き割りまして、それらしく、いや、本人の意識ではそれそのもののように形を整えたものです。できあがった石器は土のなかに埋めておきました。いつか誰かが発掘してくれないかな、とそんな期待を込めながら。

昼間ににわか原始人として遊び歩いていたわたしは、夜になると住んでいたあばら屋の縁側に腰かけて、父の話を聞くのを楽しみにしておりました。うちの裏手にはクヌギやコナラの鬱蒼とした森が広がっていまして、無数の星の散らばる夜空からは月の光が地上のわたしたちをぼんやりと照らし出していました。父が語ってくれたのは、人類が現れるよりはるか昔、恐竜たちがこの地上をのし歩いていた時代の出来事です。穏やかな口調で、父は恐竜たちの振る舞いをわたしの脳裏に描き出していきました。とりわけ小学四年ぐらいのころによく聞かせてもらっておりました。わたしには弟がいますけれども当時はまだ幼く、あまり長いこと落ち着いて座っていませんでしたので、聞き手はほぼわたしひとりでした。

話に耳を傾けたあと、布団に入って目を閉じてからも、まぶたの裏にはジュラ紀の森を悠然と踏み歩き、やさしい目をしてささやきを交わす恐竜たちの姿が映し出されていたものでした。夜中にふと目が覚めて、恐竜の足音を聞いた気がして障子の破れ目に顔を近寄せ、ガラス戸の向こうの森をこっそりのぞき込んでみることもありました。ブラキオサウルスが木々のはざまから長い首を突き出して、黒ずんだ平屋建てのあばら屋のなかをのぞき返している……、なんてことがないだろうかという恐れと期待があったのです。でも、恐竜たちがどんなに優れた知性を持っていたとしても、あの巨体を乗せて時空を超えるタイムマシンを作るほどの力は持ち合わせていなかったことでしょう。

恐竜から直接聞いたのでなければ、いったい父はどうやって大昔の出来事を知ったのだろう。不思議に思って父に尋ねてみたことがありました。答えは実に簡単で、父もまた自分の父から聞いていたのです。いわば伝言に伝言を積み重ねて、恐竜たちの話は太古の昔からわたしのところにまで届いたのです。父の父、つまり祖父は早くに亡くなっておりまして、わたしは会ったことがありません。さかのぼっていけば、いまは亡き幾多の人間たち、そしておそらく人間でも恐竜でもない者たちをあいだに挟んで、数々の恐竜たちによって語り継がれてきた話です。

学校の休み時間に、この恐竜の話を同級生たちに語り聞かせようとしたことがありました。けれども、父から聞いて頭のなかに鮮明に繰り広げられていたはずの情景は、いざ口にしようとすると、たどたどしい言葉の切れ端にしかならず、途中で茶化されたりあざ笑われたりして、チャイムが鳴るまでの十分間すらまともに話しきることはできませんでした。そのうちに、何人かの同級生から、あの話をしろ、とせっつかれるようになり、いざ話しはじめると、インチキだ、インチキだ、と言われて背中をポカポカと叩かれ、しまいにはドスンとお腹にこぶしを食らわされるまでになりました。叩くほうが悪いんじゃなくてインチキな話をするほうが悪い。だけどわたし自身はインチキだなんて思ってないからせっつかれれば話そうとしてしまう。そんな小学生時代にはまったぬかるみのことも、思い出したくなかったことの一つです。このころから、どうせ自分は話もろくに聞いてもらえない人間なのだという自覚が芽生え、実際にそのような人間として生きていくことになりました。

あるとき父の行方が知れなくなり、それっきり家には戻りませんでした。恐竜の話を聞く機会も、父の消息とともに途絶えたのです。どこか遠くの地でひょうひょうと生き延びているのではないか。そうであってくれたらと思っていたのですが、希望的観測は打ち砕かれることになりました。季節がひとめぐり、ふためぐりして、わたしが六年生のころでした。山の道外れの斜面のしたで、落ち葉にうずもれかけた白骨が見つかったのです。まわりの遺留品や歯の治療のあとなどからすると、どうやらこれが父のなれの果てらしいということでした。あとから聞いて知っただけのはずなのに、まるで自分で見つけたみたいに現場の光景が脳裏によみがえってきます。木々のはざまの湿った枯れ葉のしたから、くすんだ白さの頭蓋骨がわずかにのぞき、雨上がりの日差しを受けて鈍く輝いている……。そんな寂しくも中途半端な姿で見つかるくらいなら、すっかり化石になるまでそっと眠らせてあげたかったところです。

中学生になって、人に心惹かれる強い感情、あこがれとも、ときめきとも申しましょうか、そんな心の高鳴りに悩まされるようになると、父から聞いていた恐竜の話がぐっと切実さを増して思い出されるようになりました。小学四年ぐらいではまだあまりぴんときていなかった恐竜たちの気持ちが、だんだんと身にしみてきたのです。わたし自身の胸のうちを振り返ってみれば、女の子に対しては、気になる思いの裏側に、未知の存在に対する恐怖心のようなものも貼りついていたように思います。男の子のほうがだいたい仕組みはわかっていると申しますか、気兼ねなく親しみを感じられるところがありました。ただ、感じたことを行動に結びつけることはほとんどなかったのです。

かつてわたしのお腹にドスンとやったある少年と、中二でふたたび同じクラスになったのですが、どういうわけかこの子のことが気になってしかたがなくなりました。小四のときによそから転校してきた彼は、まわりにけしかけられてしかたなくドスンとやったのです。むしろ、ドスンとやられたわたしのほうが、彼に対して同情をいだいてさえいました。中二になった彼は、以前よりもいっそう寡黙で、わたしもまた寡黙でした。ほとんどしゃべる機会がなく、あのときのことを話題にすることもありませんでした。わたしよりもずっと利発で、運動もよくできるほうでしたが、友達とじゃれ合うよりも、ひとりでおとなしく過ごしていることが多いように見受けられました。こぶしを食らってずきずきするお腹の感覚を思い出しながら、どうしたら彼と仲よくなれるんだろう、ともどかしい思いに駆られていたものです。

夏休みに入って、学校のプールの開放日に遊び終えての帰り道、後ろから呼び止める声が聞こえてきました。振り返ってみると、駆け寄ってくる彼の姿がありました。

「あのさあ……」と息を切らした彼は、呼吸を整えてから、「あのとき、ごめん」と言いました。

とっさになんの話かわからず、呆然と彼に目を向けていました。もともと色白の頬が、プールの水に冷やされて、やや青ざめて見えました。

「俺のお腹、思いっきり殴っていいよ」

それでわかりました。四年もまえの話です。彼も覚えていたんだ、と思うとうれしいような気持ちが心ににじみ出てきたのですが、

「いや、いいよ、べつに」と、めんどくさそうに言いました。

「殴ってよ」と彼が言葉を重ねます。「お腹以外でもいいから」

「だから、いいって、どうでも」

振り払うように言って、早足で歩きだしました。距離を縮めるきっかけにできたかもしれないのですが、わたしは臆病でした。彼はわたしに赦《ゆる》されることを求めていたのでしょうか。とっくに赦していたのに、わたしはそのことを伝えそびれてしまったのかもしれません。曲がり角に差しかかったところで振り返ってみると、彼の姿はもう見当たりませんでした。夏休みが終わって登校したら、彼が父の仕事の都合でほかの街の学校へ転校していったことを知らされました。

そんなふうに、人への思いを胸のうちに募らせることはあったのですが、なすすべもなく不完全燃焼のまま終わってしまうのが常でした。それに引き換え、燃えさかる心を抑えきれなかったように見える恐竜たちの姿は、まぶしく感じられたものです。父の語る恐竜たちは人間と同じぐらい、いや、人間以上に人間的だった気がします。彼らだってあまりうまくは生きられなかったのだ。そんなふうに思うこともありました。父の遺してくれた話を夜道のランタンのようにかざして、現実の自分の無力さをやり過ごしながら、どうにかわたしは育っていきました。

父はいくつかの職場を渡り歩いて最後は道路工事の仕事をしていたはずだ、と記憶していたのですが、わたしが高校生のころ、「あの人はたいてい、働いてるふりをしてただけだよ」という言葉を母から聞くことがありました。看護師をしていた母が家計を支えて、父は収入を家に入れるということもほとんどなかったようです。「それなのに、ちょっと懐に金が入ると飲みに行っては、よその人にいい顔をして」と母は嘆いていました。そんな父が家族に果たした数少ない務めの一つが、恐竜の話をこどもに言い伝えるということであったように思います。日頃はやつれてうなだれがちな父でしたが、月明かりのもとで話をしているときには、瞳に小さな光を宿し、やわらかい笑みを口元にたたえて、本当のこどもであったわたしよりもひたむきに、こどもに返っているように見えました。

いつか自分もこんなふうに、我が子のまえで恐竜の話を語り聞かせることになるんだろう。自然に歳をとっていけば、いずれはあたりまえのようにそういう日々がやってくる。縁側で父の話を聞きながら、漠然とそんな未来を思い描いていたような気もします。父は三十七で姿をくらまし、わたしは先頃五十になりました。すでに当時の父の歳をはるかに越えておりますが、所帯をもたずにここまできまして、伝え聞いた話を受け継いでもらうべきこどももおりません。母をあきれさせ、失望させていた父。その父のようにさえ、わたしはなれませんでした。

弟のほうは幸いにして父にもわたしにも似ず、堅実にやっているようです。役所勤めをしていまして、生まれ育ったあばら屋のあった場所に十数年まえに家を建て直し、妻と娘とともに暮らしております。母も二年まえに亡くなるまで一緒に住んでいました。新築したばかりのころに帰省というか、むしろよそさまにお邪魔するような感じで訪ねていったことがあります。縁側はかつてと違う向きについていて、植木や草花のあしらわれた庭はフェンスで囲われ、まわりの森との境目が明確になっていました。弟に案内されてその庭に立っていたとき、以前はこのへんに縁側があったな、とわたしは言って、ふと、恐竜の話の思い出について尋ねてみました。かつて、父が縁側に座って語りはじめるときには、弟もわたしのとなりに座って話を聞く様子を見せながら、いつのまにかサンダルをつっかけてあたりをうろつきだしたりしていたものでした。それでいて案外、父の話したことを覚えているのではないか。そんな期待がいくらかあったのですが、結果はまったく違いました。弟は恐竜の話の内容どころか、父やわたしとともに夜の縁側に腰かけていたことさえ記憶にないと言ったのです。ただ、そのころわたしと一緒に石器を作って山のなかに埋める遊びをしたことは覚えている、と。

逆だったらよかったのに、と思いました。どうして覚えていてほしいことを忘れていて、忘れていてほしいことを覚えているのか。石器なんて埋めなければよかった。このことをずっと気に病んできました。罪の意識と言ってもかまいません。

かつて、ある男が秩父の発掘現場に入って、旧石器時代のかなり古い地層から、貴重な発見となる石器を掘り出したことがありました。はるかな昔に秩父原人が生きていた証しとみられるものでした。しかし、これがあとで偽物だとわかったのです。発覚したときの現場は秩父ではなく宮城県でしたが、発掘者が自分で埋めて、自分で掘り当てるということをやっていました。自作自演です。どうやら別の場所で集めていた、より新しい時代の石器を埋めていたようなのです。

発覚に至るまで、この男は各地の遺跡で画期的な発見を重ねていました。そのたびに、原始人たちの生活の場は時間をさかのぼって広がっていったのです。もともと学者ではなく愛好家として発掘を始めたこの男の成果は、歴史の教科書に書き換えを迫るほどのものでした。そのころ、わたしは一つの職場になかなか居着けず、渡り歩く暮らしのただなかにありました。男の華々しい活躍ぶりに、羨望の気持ちをいだいていたものです。自分も発掘をやりたい、自分にだってできるのでは、と期待をふくらませもしました。ところが一転、男のイカサマが新聞に暴かれ、激しい非難の的となったのです。原始人たちにはなんの罪も落ち度もありません。にもかかわらず、彼らはひとたび得られた数十万年分の居場所を一挙に失うことになりました。

では、こどものころにわたしが埋めたあの石器は？　いや、あれはたわいのないイタズラにすぎない。そう自分に言い聞かせてみましたが、一抹の不安が胸の奥底に残りました。ある発掘者が飯能の森で石器を掘り出し、こいつは偽物だ、と騒ぎが起こり、犯人として突き止められたわたしが、放たれた猟犬たちに追いかけられて懸命に駆け去っていく。そんな夢にびっくりして、目覚めたこともありました。現実には犬に追われることもないのでしょうが、自分が偽物を埋めたことに違いはありません。

弟にはまがいものの石器のことなんかじゃなくて、父から託された恐竜の話のほうを、たったひとかけらでも覚えていてほしかったと思います。縁側に座っていた当時の弟は、まだ小学校に上がるまえでしたから、無理もないことだったかもしれません。けれども、わたしは大切な記憶の共有者がいないということを突きつけられてしまったのです。弟は父にまつわる思い出を語り合うこと自体、乗り気ではない様子でした。弟にとっては、幼いころにともに過ごした実体験より、そのあとに母からたびたび聞かされてきた苦労話を通して、父の姿が心に刻まれていたのかもしれません。わたしは母の繰り出すそんな話を嫌がってほとんど耳を貸しませんでしたけれども、弟は律儀に聞いてやっていたようでした。お父さんのようになっちゃいけないよ、というのが母の口癖になっていて、わたしはそれを聞くと不快な気分になったものでしたが、弟に対してはそれなりの教育的効果を発揮していたのでしょう。弟が恐竜の話を受け継いでいないのだから、弟の娘だって当然受け継いでいるはずもありません。わたしから伝授しようにも、離れて暮らしている伯父にすぎない立場では、どうすることもできませんでした。

語り伝える相手は、こどもでなくたって、血縁がなくたって、よかったんだと思います。まだ若い時分のことですが、居酒屋で働いていたことがありまして、そこでアルバイトをしていた大学生の女の子と知り合いになりました。彼女は二十《はたち》か二十一ぐらいで、わたしのほうが五つばかり年長でした。わたしが教育係のような立場になりまして、口下手ながら懸命に仕事を教えたものです。彼女がミスをすると、教えかたが至らなかったからということで、主任から叱られる役目も率先して引き受けました。実際、わたしは至らなかったのです。

あるとき彼女から相談したいことがあると言われまして、仕事からの帰りがけ、二人でバーに入りました。わたしにとっては初めての店でしたが、彼女は幾度か来たことがあるようでした。わたしたちはカウンターの隅っこの席に腰かけました。彼女が何を頼んだのだったか忘れてしまいましたが、「同じのをもう一つ」とわたしが言ったことは覚えています。確か緑色のカクテルだった気がします。彼女は恋人と別れて半年ほどが経っていたようなのですが、彼に投げつけられた乱暴な言葉の数々を思い出しては苦しくなる一方で、それでもよりを戻したい気持ちが募ってまた苦しくなることもあり、最近になってようやく落ち着いてきたのだといいます。そんな思いの丈を彼女は語りつづけて、わたしは聞き役に徹していました。相談ということでしたが、何か助言を求めていたわけではなく、話すことで気持ちの整理をしたかったのだと思います。心のつかえが取れたのか、彼女はふと表情をゆるめると、

「岡島さんの恋の話も、聞いていいですか」

わたしはあわてふためいてしまいました。話を聞くだけならなんとかなるかと思ったのに、まさか話すことを求められるとは。胸のうちにしまったままの片思いの経験ならいくつかありましたが、語れるほどのものではありません。

「恐竜同士の恋の話なら……」という言葉がわたしの口をついて出ました。

「なんですか、それ」

彼女がじっとわたしを見つめてきました。

「ステゴサウルスの女の子と、アロサウルスの男の子の話なんです」

「へえ、聞かせてください」

わたしは小さくうなずきました。語ってみようかと思ったのは、父から伝え聞いていた一連の話のなかのほんのひとコマです。花のにおいを嗅いでいるアロサウルスの男の子がいて、その姿に目を留めたステゴサウルスの女の子が近づいていくと……。あれはどんな結末だったか。思い出そうとしながら、腕時計に目をやると、かなり遅い時刻になっていました。

「終電を逃すといけないので」とわたしは言いました。「また今度にしましょう」

「もうそんな時間……」と彼女はふと我に返ったように言いました。

わたしたちは店を出て、駅で別れました。あのとき恐竜の話を始めて終電を逃していたら、どうだったのか。そんなふうに思い返してみても、どうなっていたかはわかりません。

次に彼女と職場の居酒屋で一緒になったとき、わたしは大きなミスをしでかしました。食器を下げようとしていくつも持って歩いていたときに、よろけて落っことしまして、お皿やら生ビール用のジョッキの取っ手やらを派手に割ってしまったのです。こんなことをやらかしたのは初めてってわけじゃありません。厨房の片隅で主任に散々お叱りを受けまして、もう教育係は任せられないと宣告されました。伏し目がちに聞いていたわたしが、ちらと顔を上げましたら、少し離れたところから彼女がおびえたような悲しげなまなざしをこちらへ送っていました。その日は彼女より早く、ひとりで帰路に就きました。情けないやら恥ずかしいやらで、わたしはその職場から身を退きまして、ふたたび彼女と会うことはありませんでした。彼女は田沢さんといいまして、目元が穏やかだったのと、結わえた髪が雀のしっぽのように短く突き出ていたことが思い出されます。いってみれば、わたしがはかない恋心をいだいたうちのひとりです。

その後、健康食品の訪問販売をしてみたり、印刷所で営業の仕事に就いたりしながら歳を重ねていったわけですが、恐竜たちのことを語れそうな相手にふたたびめぐり会うことはなかったのです。恐竜の話はわたしの代を最後として、ついに絶滅を遂げるのだ、と覚悟を固めつつありました。そこへ舞い込んできたのが蓮田由理子先生からのお手紙です。これが驚かずにいられるでしょうか。

恐竜時代の出来事のお話をぜひ聞かせていただきたい、というのです。しかしいったい全体、蓮田先生とは何者か。どうしてわたしが恐竜の話を受け継いでいることをご存じなのか。小学校の同級生たちの名前を思い出そうとしてみましたが、蓮田さん、由理子さんというお名前に覚えはありません。学者先生の情報収集力というものに感服する一方で、ついに眠っていた話が発掘されるときがきたのかと、心躍る思いがしました。

この手紙を、勤め先のスーパーの店長に見せました。そして、「このオーラルヒストリーというのは、いったいどんなものですかね」と尋ねたのです。この質問を口実に、自分以外の誰かに手紙の存在を知らしめたい、という気持ちがなかったわけじゃありません。小柄で白髪頭、黒縁メガネの奥の目をいつも柔和に細めている店長は、学のある人だという評判がありました。手紙を手にした店長は、かつて自分が採用したにもかかわらず、岡島謙吾という男がこのスーパーに雇われて働いているという事実に初めて気づいたかのように目を見ひらいて、わたしの全身を上から下へ、下から上へと眺めまわしました。ふたたび視線を手紙に戻すと、

「オーラルヒストリー……」とつぶやき、「急ぐのかい？　返事はあしたでもかまわんか」と問い返しました。

「ええ、もちろんです」

「この手紙、借りていってもいいのかな」

「どうぞ、どうぞ。じっくり読んでください」

アパートに帰って焼酎を飲みながら、わたしの脳裏にふと思い浮かんだのは、店長がいままさに蓮田先生のお手紙をじっくりと読み返している姿でありまして、いつになく心地よい酔いが体中をめぐるのを感じたものでした。

ふだんから、楽しみといえば焼酎をちびちびと飲みながら、ラジオでライオンズ戦を聴くことぐらいです。テレビで観るよりも、早口な実況中継の声を頼りに試合の様子を思い描いているほうが好きなのです。わたしの頭のなかでは用具や設備のリニューアルがなかなか進まないので、選手たちはいまだにジャングル大帝レオのマークの帽子をかぶり、ドームができるまえの西武球場でプレーしています。

酒を飲むのはもっぱら家のなかで、父のように飲みに出かけるなんてことはまずありません。ただ、二十年ばかりまえでしょうか、当時勤めていた印刷所の社長、半年後にこの人は夜逃げすることになるわけですが、その社長に連れられて、場所は池袋だったか、キャバクラというところに一度だけ行ったことがあります。人と話をするのが得意でなく、まして異性となるといっそうあがってしまうわたしにとっては、どうしてお金を払ってまで女の人と会話をしなければならないのか、その仕組みがまったく不可解でした。わたしは姿勢正しくソファーに座り、かたわらの女性に向かって何をしゃべったかといえば、原始人の話です。途方もない発掘の才に恵まれた男が神のごとき手で掘り出していった石器の数々が、まだ本物と見なされていたころでした。

考古学を専門的に学んだわけではないにもかかわらず、アマチュアとして経験を積み重ね、学界を驚かすような成果を次々とあげている男の快進撃について語るうちに、なんだか自分の手柄を誇っているような不思議な高揚感に包まれだしていました。石器というのは無名の人々が生きた証しなんです、それを掘り出すってことは、忘れ去られていた祖先たちの存在を受け止め直して、原始人たちとともに生きていくってことなんです、とわたしは熱弁を振るったものでした。

帰宅して酔いが醒めてみると、どっと疲れを感じました。自分で掘り出したわけでもないのに、何をあんなに得意になって語ってしまったのか。きっと変な客だと思われたに違いない。急に恥ずかしさが襲ってきて、なかなか寝つくことができませんでした。こんなことはもうこりごりだと思ったのです。ましてや、貴重な新発見とされた幾多の石器が、あとになって捏造の産物だと暴かれてしまったのですから、愕然としました。石器のことをとうとう語ってしまったのはあのときかぎりです。

そんなわたしに、世界オーラルヒストリー学会の支部長先生とお話しすることなどできるのか。アパートでひとり静かに焼酎を飲みつつ自問しました。それが不思議と心配にならなかったのです。歳とともに羞恥心が薄れてきているためでもあるでしょう。それ以上に、話題として指定されていたのがほかでもない、なじみの深い恐竜たちのことだったからに違いありません。酔いのまわったわたしの頭のなかでは、我がスーパーの店長が、蓮田先生のお手紙を幾度となく、すっかり暗記するほど読み返していました。

翌日、店長は手紙をわたしに返却すると、

「オーラルヒストリーというのは、口述の歴史、つまり、口で話した昔の出来事、といった意味じゃないのかな。こんなところでどうだろう。もっと詳しく知りたければ今度図書館に行ったときに調べてきてもいいが」

「いえいえ充分です。口で話した昔の出来事、ですか。ありがとうございました」

そのくらいの答えであれば、聞くまでもなくわたしにも察しがついていたことではありましたが、かまいませんでした。

「岡島さん、どうやら危ない団体じゃなさそうだから、協力してあげてもいいんじゃないかな」

「ええ、なるべくそうしたいと思います」

なるべくそうしたいどころか、こんなわたしに目をつけてくださったんだから、どれほど危ない団体だってかまわない、片棒をかついだっていい、とさえ思っていました。

「ちょっと握手してもらってもいいかな」

「えっ？」

とわたしが問い返すと、店長は照れ笑いをにじませながら、

「いや、うちのスーパーにたいした人物がいたんだなと思ったもんだからね」

「ありがとうございます。がんばります」

わたしは微笑んで、店長と固く握手を交わしました。乾いたわたしの手に、汗ばんだ店長の手の温かみがじんわりと染み込んでくるようでした。こうなった以上、あとには退けません。なんとしても恐竜の話を語らなければ、という意欲が高まっていきました。

その夜、布団に入ったわたしの脳裏に、恐竜たちの姿が浮かんでいました。草食恐竜の子と肉食恐竜の子が、イチョウの木のしたで寄り添って昼寝をしています。太古の昔、そんな場面は現実にはなかったことでしょう。恐竜の子が夢見てかなうことのなかった場面を、わたしは思い描いていたのです。

いつかスーパーの店内に、肉食恐竜がひょっこりと姿を見せたら……。突拍子もないことを言うようですが、そしたらわたしは、肉の代わりに魚を食べたらどうでしょうと勧めたい。それが実現できたら、肉食恐竜の子と草食恐竜の子が仲よく暮らしていけるかもしれない。人間とだって共存できるんじゃないか。勤務中にふと、そんなことをぼーっと考えていたりもするんです。だけど、いまだに肉食恐竜のお客さんはやってきません。

手紙が届いて幾日かして、蓮田先生から電話がかかってきまして、お会いする日程を決めました。それから約束の日がくるのを待ちながら、毎晩のようにお手紙を眺めては焼酎を飲んでいました。筆跡の美しいことといったら、いまここで皆さんにお見せしたいくらいです。

約束の日の前日には、父の墓参りに行きたいところだったのですが、あいにく雨も降っておりましたし、そもそもどこに埋まっているのやら覚束ないというありさまでした。そこで、ただ飯能の方角に蓮田先生のお手紙を供えて手を合わせ、いよいよ恐竜の話をする機会に恵まれました、と報告かたがた、いつもより多めに、言ってみれば父の分まで焼酎を飲んだのです。

飲みながら、ある手紙のことを思い出していました。実物を見たことはありません。ただ、若いころに父が母に宛てて書いた手紙があったというのです。結婚まえのことでしたから、父になるまえの父、母になるまえの母でしたけれど。ずっと大事に取っておいた古い手紙がある。母がそんなことを言い出したのは、亡くなる三ヶ月ほどまえ、まだ元気だったときだといいます。それを聞いた弟は、少しだけ捜すのを手伝ってやりましたが、見つからずじまいでした。家の建て替えのときにでも、なくなってしまったのかもしれません。母の通夜のときに、弟からその話を聞きました。どんな手紙だったか、母は告げなかったといいますが、きっと恋文のようなものだったのでしょう。そんなことに思いを馳せながら、蓮田先生のお手紙をまえに焼酎を飲みつづけ、酔いを深めていきました。

まどろみかけたわたしは、いつしか暗くかげった崖の底にいて、コケが生えてじめじめした土のうえになすすべもなく座り込んだこどもになっていました。ここに転げ落ちてどのくらい経ったのか。まだ打撲と擦り傷の痛みが体のあちこちにのさばっていました。腹が減っています。このまま誰にも気づかれず、白骨化してしまうのか。そんな恐れにとらわれます。ふと見上げると、はるか上方の白くまぶしいもやのなかに、女性らしき人の柔和な表情が見えました。蓮田先生……。こどものわたしがまだ知らぬはずの人の名を、どういうわけかつぶやいていました。こちらへ向かって手が差し伸べられましたが、とうてい届くはずもない。と思いきや、その手がみるみる伸びてわたしのほうへ、わたしのほうへと近づいてきます。だいぶ迫ってきたところでわたしも手を差し出します。手と手が結び合ったのか合わなかったのかわからないうちに、わたしは酔いつぶれて眠りに落ちてしまったようでした。

翌日の昼下がり、蓮田先生は約束どおり、所沢のアパートまで訪ねてきてくださいました。お会いした印象は、お電話で声を聞いたときと変わらず潑剌として、背筋のぴんと伸びたかたでした。

対面して開口一番、蓮田先生がおっしゃるには、

「まあ、ずいぶんお若い。もっとはるかにおじいちゃんかと思ってました」

まあ、ずいぶんお若い、だけで止めていただければたいへんうれしかったところですが、や

むをえません。とにかく部屋に上がっていただきました。夏のさなかにクーラーもなくて申しわけなかったのですが、扇風機をまわし、窓を目いっぱいあけていました。長年、客を招き入れたこともない我が住み処には、そろいのグラスもなく、麦茶を出すのに自分の分は湯呑みで代用することになりました。

「先生は、どうやってわたしの存在を知ったのですか」

と気になっていたことを尋ねてみましたところ、九州の大学の学者さんから、恐竜時代の出来事の語り部が埼玉の飯能にいるらしいが、自分はあいにく遠方なのであなたが調査してみてはどうか、と勧められたとおっしゃいます。それで、まずは飯能の家の所在を突き止め、弟からわたしについて聞いたとのことでした。わたしの口からはこれまで一度もきちんと語り通したことのなかった恐竜の話ですが、そのうわさがはるばる九州にまで及んでいる。これには気を失いかけるほど驚かされました。さっき蓮田先生から、おじいちゃん、という言葉が出たことからすると、父とわたしのことがどこかでごっちゃになっているのではないかという気もしました。けれども父であれ、わたしであれ、恐竜の話を受け継いでいるという点では同じです。父亡きあとに語り継ぐことこそ、わたしの果たすべき役目にほかなりません。

麦茶を飲んで少し雑談などしながら気持ちを鎮めつつ、どうやら自分は語り部であるらしいぞ、との自覚を高めていきました。蓮田先生は穏やかなまなざしを向けながら、わたしをゆっ

くり、ゆっくりと、崖の底から手繰り寄せてくださっているようでした。頃合いを見て、

「では、そろそろ恐竜のお話を」と蓮田先生が促します。

わたしはうなずいて、語り起こそうとしました。そのとき、ふと自分の口が内側からふさがれたような息苦しさにとらわれたのです。

およそ四十年間にわたって心のうちに大切にしまい込んできた話です。ときおり、夜に布団のなかで思い起こしてはほこりを払い、色あせないように努めてきました。記憶が薄れるのを防ぐために鮮明な彩色を施したり、不確かな部分を修復するのに素材を補ったりする必要もありました。結果として、父から聞いた話よりもずいぶんふくれ上がったものになっていたかもしれませんが、そうすることでわたしは記憶を保つことができたのです。過去は変えられないといいますが、わたしにとって過去とは、絶えず修繕を重ねながら、幾度となく生き直すための場でもありました。それをあらためて蓮田先生のまえで取り出してみせればよいだけのことだったのですが、どういうわけか言葉が出てきません。代わりに、かつてわたしが語り聞かせようとした小学校の同級生たちの姿が脳裏によみがえってきました。塚原君、沢口君、それに内川君。彼らがこの岡島謙吾を笑いものにしてやろうと、そして背中をポカポカと叩いてやろうと待ちかまえています。この三人の幻影が一つに重なったとき、そこには蓮田先生のお姿がありました。

「お話ししたいのはやまやまなんですが」とかろうじて言葉をひねり出しました。「どうも喉のところでつかえてしまいまして」

蓮田先生は小さな子を見守るような微笑を浮かべると、

「どうぞ、お飲みものを」

「ええ、いただきます」

湯呑みから麦茶を飲むと少し落ち着きが戻ってきました。喉のつかえが取れて、いよいよ話をする準備が整ったのかといえばそうではなく、むしろつかえが容易に取れそうもないことを静かに悟りつつありました。

崖の底から徐々に上がってきて、いよいよてっぺんに手をかけようとしたそのとき、よく響く笑い声が聞こえてきたかと思うと、ここまで引っ張り上げてくれたはずの手から振りほどかれて、もともといた谷底よりももう一段深い底の底まで叩き落とされる。いや、まさか……。でも、わたしの知るかぎり、そんな目に遭うのが岡島謙吾という人間なのです。

「先生、お願いです」と蓮田先生を見すえて切り出しました。「いっそ、大勢のまえで話をさせていただけませんか」

蓮田先生が不思議そうにわたしを見つめ返して、

「どうなさったの？」

自分でもそんな願いごとがだしぬけに口をついて出てきたことに戸惑いながら、わたしは答えました。

「不安なんです。いま、蓮田先生ひとりのまえで話しはじめてしまうのが。笑いものにされて終わってしまったら、それっきりです。わたしの話は、心の奥底に深く、深く埋め戻されて、もう掘り返されることもないでしょう。だから……」

「笑いものにするだなんて」

「ええ、もちろん先生のことを疑ってるわけじゃありません。むしろ信じておすがりしたくて、こんなお願いをするんです。少し、言わせてください」

いったん軽く深呼吸をすると、わたしは言葉を継ぎました。

「わたしは、ろくな者ではございません。恐竜の話を蓄え込んだ土のかたまり、それがわたしです。過去に人から、のろまだの、役立たずだの、何かの間違いだの、それからもっとぼろかすに言われても、確かにわたしはのろまで、ろくに役にも立たないし、何かの間違いで生きてるんだと思いながら、受け流しがたい苦痛を受け流したふりをして、生きながらえてきました。一日を終えてカサカサに乾き、しおれきったわたしの心と体を、夜のうちにくまなく潤してくれたのが、恐竜の話の記憶です。おかげで朝までにはどうにか、干上がった土のかたまりから、血の通った人間のような姿かたちに戻っていて、起き上がることができたのです。わたしに人間としての誇りはなくても、土くれとしての誇りはあります。およそ一億五千万年の昔から、わたしの体のなかに受け継がれた、ささやかな記憶。それを掘り起こそうというかたが現れるとは、ありがたいかぎりのことでしたが、恐ろしいことでもあるように感じはじめています。恐竜の話、それはわたしのみすぼらしい人生の支えとなるものでした。でも同時に、わたしをむしばみ、苦しめつづけるものでもありました。わたしはこの話を受け継いだたったひとりの者であり、語り伝える使命を担っている。そんな思いとともに、わずかばかりの自尊心を保ってきました。一方、語り伝えるべき相手がどこにいるのかわからず、いつまでもそこへたどり着けないという悩みに取りつかれてもいました。そこに、聞く耳をもった蓮田先生が現れたのです。封印を解くべきときがきたのでしょうか。けれども、いままで大切に保存してきたものを白日のもとにさらしたとき、それが無残にも粉々に崩れてしまうことになりはしないか。いざとなって、わたしは臆病に、いえ、慎重になっているのです。少々お時間をいただければ、恐竜たちがつっかえることのないよう、喉をやわらかくしておきます。不遜な頼みごととは思いますが、たとえば蓮田先生の授業に呼んでいただくなりして、なるべくたくさんの耳のあるところで……。そうすれば、大勢のなかの少しぐらいは、笑いもので済ませずに耳を傾けてくれる人がいるかもしれない、と期待をもって話せるように思うんです。どうでしょう。そういう機会を設けていただけませんか」

恐竜の話をいまはできないというのに、できないことの言いわけだけは、どうしてこうもとめどなくあふれてくるのか。我ながら妙なものだと思いました。

蓮田先生は黙ってグラスを手に取りました。ふだんわたしが焼酎を飲むのに使っている大きなグラスから、上品に一口、二口、麦茶をお飲みになりました。ふたたび卓上に置かれたグラス。その表面にびっしりとついた水滴に、蓮田先生の指の跡が残っているのをわたしは見つめていました。かつて何かの景品でもらったそのグラスには、焼酎メーカーのロゴマークが赤くプリントされていました。

信じる、というのはわたしのように曲がりくねった人生を歩んできた者には容易なことではありません。初めから期待しなければ裏切られることもないのです。わたしが述べた厚かましいお願いこそ、蓮田先生の笑いものになって終わるに違いない、と確信めいた思いさえありました。いっそ語るまえに笑いものになってポカポカやられてしまえば、わたし自身は傷ついても、肝心の話のほうは無傷のまましまい込んでおけるのだ、とも感じていました。

「わかりました」と蓮田先生は口元から笑みを消してうなずきました。「今度都内で開かれるわたしたちの学会で、講演していただくというのはどうですか。会場には五百人ほど聴衆を集められると思います。いかがでしょう」

いかがでしょうって、そんな馬鹿な！　と激しく叫びたくなるほどの驚きを禁じ得ませんでした。身のほど知らずの願いを口にして、すんなりとかなえられようとしているだなんて、岡島謙吾の人生にふさわしい扱いとは思えません。このわたしが、講演を？　間違ってる！　そう叫んでもよかったのです。けれども、この驚くべき申し出を謹んで受け入れることにしました。これはわたしの望みというよりも、恐竜たちがずっと求めてきたことだったのですから。

さらにまた驚いたことには、きょう、この会場に足を踏み入れたとき、ここに収容できるのはせいぜい五十人ぐらいじゃないかと感じたのですが、こうして実際にお集まりいただき、いま目のまえにいらっしゃる聴衆の皆さんは、なんと五人。何回数えても、五人です。

いったい、あの申し出を受けた日からきょうを迎えるまでのあいだに、何があったのでしょう。蓮田先生が冷静さを取り戻した、ということなのでしょうか。いま、この場にはお見えでないようですが……。ここまで閑散としているのは、演題のまずさもあったのでしょう。恐竜時代が終わらない。いや、終わってるだろう、とっくに。そう思われてしまったのかもしれません。うっかり普段着で来てしまいましたけど、いっそ客寄せのために恐竜の着ぐるみでもまとってくればよかったという気もします。

ここへ来るまでに通りかかって知ったのですが、どうも、卑弥呼の子孫を名乗るかたの講演に大教室が割り当てられているみたいですね。聴衆も順調に集まっているようでした。まさか、と思いましたよ。本物の子孫のかたなんでしょうか。なんだか気持ちが落ち着きません。あちらの会場では、いままさに、邪馬台国のあった場所をめぐる論争に終止符が打たれようとしているのでしょうか。わたしだって気になります。その歴史的な瞬間に立ち会うことを断念してまで、こっちのひそかな裏番組を聴きに訪れてくださった皆さんに、心から感謝申し上げたいと思います。

果たして、わたしは崖の底から這い上がってきたのでしょうか。そうではなかった、と感じています。いまもなお、わたしは崖の底にいて、皆さんがたが話を聴きに、ここまで降りてきてくださったのです。

わたしは大学の建物の迷路を抜けてこの教室にたどり着いたわけですが、さらにいま、もう一つの迷路に入り込んだみたいに前置きを語りつづけてしまっています。こうしてしゃべりだすまで、ピンロガンのことなどすっかり忘れていたはずなのです。ですがまあ、思い出してしまったことはしかたがありません。

ようやく迷路の出口が見えてきました。こうしているあいだにも、恐竜たちの姿が脳裏にひしめき合っています。一億五千万年と四十年の歳月を経て、彼らも出口にたどり着きました。早くここから出してくれ、さもなきゃ脳味噌を食い破って出ていくぞ、と言わんばかりのありさまです。わたしの頭が破裂してしまうまえに、恐竜たちには口を通って出ていってもらうことにいたします。

四十年まえ、月の明るく照った晩のことでした。飯能の森の外れに建つあばら屋の縁側で、父がこども時代のわたしに語りはじめます。一億五千万年まえのジュラ紀の森が描き出されていきます。あの木立のはざまへと、分け入っていきましょう。

＊

首の長いブラキオサウルスたちが、森のなかでいつものようにゆったりと木の葉を食んでいます。淡い緑色の葉をいっぱいにまとって並び立っているのは、イチョウの木々。そのあいまには、いくらか丈の低いソテツが入り交じり、深緑の細長い葉を太陽に向けて懸命に広げている様子です。ときおり、ブラキオサウルスたちは木々の上空に代わる代わる顔をのぞかせ、あたりを見わたしてから、食事を続けます。

まだ少年の年頃のブラキオサウルス、エミリオは、おとなたちのはざまで、地面に生えたやわらかなシダの葉っぱを頬張っていました。エミリオの名前は正確にはまったく別のものでしたが、現代の人類には恐竜の発音、たとえばギャーオ、ギャーオ、ギャーオ、といま言った三つのギャーオの違いを識別することもできないでしょうから、仮に人間ふうの名前で呼んでおくのです。

「ねえ父さん」とエミリオはかたわらの父さんを見上げて言いました。「僕たちはこうして毎日毎日ありったけの時間を使って葉っぱを食べて、そうして一生が終わってしまうの？」

「どうしたんだい？」と父さんが長い首をわずかにかしげて応答します。「さては、ジンセイについて考えてみようってわけだな」

「僕、不安なんだ。僕の考えてることがジンセイってものなんだとしたら、いったい僕はどうしたら……」

「いいかい、エミリオ」と父さんが首を息子のほうに少しかがめて語りかけます。「ジンセイっていうのは、おまえが考えているよりも、ずっと長く続いていくものなんだ。とても考えることができないくらい、長く」

「長くって、どのくらい？」とエミリオは不服な口ぶりで言いました。「父さんのしっぽよりも？　首よりも？」

父さんは落ち着き払って、

「しっぽと首を足したよりも、はるかに長く」

「でも、マルコおじさんはアロサウルスに食べられた。首のところをがぶっとやられて……」

エミリオはそう言って、かすかに身震いしました。かつて見た光景が脳裏に浮かび上がります。ブラキオサウルスたちが食後にひと休みしていたとき、マルコおじさんはひとり、群れから少し離れたところをうろついていました。不意に、マルコおじさんが駆け出します。向かっていったさきには、アロサウルスたちがいました。マルコおじさんはしっぽの鞭を振るうこともなく……。記憶の底からよみがえってきたのは、アロサウルスのいきり立った雄叫びと、マルコおじさんの短い悲鳴。あのとき、エミリオはとっさにまぶたを閉じて、致命的な瞬間を目撃することを避けたのです。おとなたちの背中にはばまれて、あとの様子を目にすることもありませんでした。

「死んでしまったマルコの体はどうなったか」と父さんが静かな口調で言いました。「アロサウルスどもに食べられて、やつらの体に取り込まれた。マルコはすっかり死んでしまったわけじゃない。アロサウルスになって、生きつづけている」

「じゃあ、昔食べられたブラキオサウルスたちは、みんなアロサウルスになってしまったの？」

「そうだよ、エミリオ。いつか話すつもりだったけど、もう少しさきのことになるかと思っていたよ」

「マルコおじさんに、ルシアおばさんも……」

エミリオの言葉に、父さんが無言でうなずきます。エミリオは落胆をにじませた口ぶりで、

「あの恐ろしいアロサウルスに……」

しばしうつむいていたエミリオは、ゆっくりとまなざしを上げました。あたりを見まわすと、ブラキオサウルスたちの草色の肌が、昼下がりの日差しを浴びてうっすらと金色の輝きを帯びています。この体を捨てて、あの腐った肉色をしてどす黒い斑点のあるざらついた皮膚を身にまとうだなんて。そんな生きかたって、あるんだろうか。まして、マルコおじさんは自分から……。ため息を一つ吐くと、エミリオはそばに生えていたシダの葉を口でむしり取りました。あたりには、オニキオプシスやクラドフレビスといったシダがさかんに茂っています。

葉っぱを飲み込みながらエミリオが顔を上げると、木立のはざまを歩くヒメナの姿が見えました。マルコおじさんとルシアおばさんの娘です。ヒメナは立ち止まって地面に顔を近寄せ、シダの葉を舌で軽くひとなめしてから、そっと口に含みました。そのしなやかな身振りを見つめるエミリオには、彼女の両親がアロサウルスになってしまったなどとはにわかに信じがたいことでした。エミリオの視線に気づいたのか、ヒメナが葉っぱを食む口の動きを止め、首を少しもたげてまなざしを向け返してきました。エミリオはあわててシダの葉のあいまに顔をうずめました。目のまえにあった葉っぱに食らいつくと、苦みが舌ににじみます。

おとなたちがまだイチョウの葉にかぶりついているなかで、エミリオはひと足さきに満腹になりました。木陰で脚を折りたたみ、腹をひんやりした地面につけると、首をくるりとひねって頭を背中のうえに載せ、目を閉じました。小さなエミリオの体は、イチョウの枝葉の影にすっぽりと包み込まれ、しっぽは幹の影に収まっています。

閉じたはずのまぶたの裏に、青空の光景が浮かび上がっていました。上空を始祖鳥が、ゆるやかに羽を揺すぶりながら横切っていきます。ひとひらの黒い羽毛が、風というほどでもない空気のかすかな動きにもてあそばれながらゆったりと降りてきて、エミリオの盛り上がった背中のうえに載りました。

気がつくと、エミリオは空に舞い上がっていました。背中では、生えたてのシダの若葉のような羽がひくひくとせわしなく空気を掻いています。そうだ、アロなんかになるよりも、空を飛べるようになったほうがよっぽどいい。そんなことを思いつつ、エミリオは羽ばたきつづけます。

ガサッと大きな音がして、地上に落ちたかと感じて目をひらくと、まわりのおとなたちが下草を踏み分け、森を抜けるほうへと歩きだしています。エミリオも脚を伸ばし、しっぽを軽く揺すると、寝ぼけ半分のまま群れの動きにつき従いました。「まだずいぶん遠くにいる」「脚が二本しかないからって、あなどれないぞ」「こっちに気づいてないんじゃないか」と長い首のさきで交わされているおとなたちの言葉が降ってきます。きっと、やつらだ、とエミリオは悟りました。空に浮かび上がって遠くのアロサウルスどもを見てやろうと思いましたが、いくら背中に力を入れようとしても、羽らしきものが動くどころか生えている気配すら感じられませんでした。

　森を出ると、日の光がさえぎられることなく頭上に降りかかってきます。エミリオは明るさに慣れるため、まぶたを幾度かしばたたかせました。ふと、まえを行く父さんの姿が目に留まりました。父さんは群れの動きからつかのま外れて立ち止まり、口からギンナンらしき小さな玉を勢いよく吐き飛ばしています。一つ、二つ、三つ……。こないだも見かけたことがありましたが、移動の途中であんなことをして遊んでいるおとなは父さんだけです。ほかのおとなたちは、ギンナンはおいしいと言って殻まできちんと嚙み砕いているのですから。そして、こどもにとっては、くさくて硬いばかりのやっかいな代物でした。父さんがまた歩きだし、エミリオもあとを追っていきました。

　ブラキオサウルスたちの群れは、川辺に着いて足を止めました。おとなたちに交じって、エミリオは首を下ろして流れに口をつけ、舌で水を搔き込みます。首をもたげると、ひんやりとした水が長い喉を伝って落ちていきます。ブラキオサウルスたちの首が、水面に向けてアーチを描いたり、空に向けて跳ね上がったりを繰り返しています。

「エミリオ、石は丸いのを選んで飲むんだよ。とがったのを飲んでは駄目。それから、あんまり大きなのもやめておきなさい」

　とエミリオのかたわらで声をかけたのは母さんでした。

「僕、水を飲んでるんだよ」とエミリオが水面から少しだけ顔を離して、むっとしたように応えます。

「水ばかりじゃなく石も飲まなくちゃいけないよ。小石がお腹のなかで葉っぱをすりつぶしてくれるんだから」

「わかってる」

そう言ってエミリオはしぶしぶと川底を口先でまさぐります。丸くて小さな石を探り当てると、水と一緒に口のなかに含み込み、おいしくない、と思いながら頭を空へと突き上げました。

川岸を離れると、エミリオはおとなたちのあとについて、野原を歩いていきます。胃袋のなかでは小石が歯の役目を果たして葉っぱをこねまわしているのに違いありません。群れは、嚙むために歩いているのです。エミリオはくたびれて立ち止まり、ゆっくりと一つ息を吐くと、また歩きだしました。

森に入って、ブラキオサウルスたちはめいめい木の葉やシダを食べはじめました。大きな体を維持していくには、起きているあいだじゅう何度も葉っぱを体に摂り入れていかなければなりません。そうして草色のつややかな肌も保たれていくのです。

食後、トクサの茂った原っぱに出ると、

「エミリオ、遊ぼう」と声がかかりました。

振り返ると、自分よりももっと小さなこどものピノがいました。ピノのことなら卵のときから知っています。温めるために砂地にうずめられた卵のそばで、見張り番をしたこともありました。生みの親でも育ての親でもないけれど、エミリオはピノに対して温めの親ともいうべき親しみを感じていました。

エミリオがピノに尋ねます。

「何して遊ぶ?」

「怪獣ごっこ!」

やっぱりそうか、とエミリオは思いました。はやりの遊びでしたが、とりわけピノは熱を上げていました。ほかの男の子に女の子も集まって、怪獣ごっこが始まります。

怪獣の姿は肉食恐竜に似ていることになっていますが、架空の存在であるがゆえ、実在の生き物にはできないこともやってのけます。フガーッ、と怪獣役のピノが目には見えない炎を勢いよく吐き出しました。エミリオは怪獣にお尻を向けて、しっぽのさきで背中めがけて軽く打ちつけます。ピギャッ、と怪獣がひるんだ声を漏らすと、ここぞとばかりにほかの子たちも、しっぽの鞭を食らわせます。ぺしり、ぺしり、ぺしっ……。フッガァーッ! おびき寄せた連中を一網打尽にするように、怪獣が激しく炎を噴き荒らします。あまりの激しさに、みな、得体の知れない叫び声をあげて焼かれ、倒れ伏しました。

　こうしてみんなが怪獣に倒されるか、逆に怪獣がみんなに倒されるかすると、役割を交代して仕切り直しとなります。次の怪獣が、登場に備えてみんなから離れていきます。ピノがその後ろ姿を目で追いながら、

「早く怪獣になりたいなあ」とつぶやきました。

「いま、やったばかりだろう」

　エミリオがあきれてたしなめました。次の怪獣が近づいてきて、こどもたちがざわつきはじめます。そうして遊びは続いていきました。

　原っぱが怪獣たちによって幾度となく炎で焼かれて、みながほどよく疲れたころ、解散となりました。遊びの輪がほどけて、エミリオがふと視線をもたげると、付近にぽつんとそびえるセコイアの木のしたに立っていた子と目が合いました。ピノの姉さん、ヒメナです。

「もっと早く来いよ」とエミリオが声をかけました。「もう遊びは終わったぞ」

「まさか」とヒメナは心外といった面持ちで、「入れてもらおうなんて思ってないよ」

　こどもっぽい遊びをいまだに夢中になってやっている。ヒメナの目にはそんなふうに映っているのかもしれないと思うと、エミリオは悔しいような恥ずかしいような気分になって視線をそらしました。

　地平線の果てに大きくふくらんで見えていた太陽が、やがて姿を消しました。西のかなたに

残された赤みが徐々に灰色にかき消されてしまうと、空は全体の暗さを増しながら、点々と星の輝きを灯していきます。ブラキオサウルスたちは森の外れのシダの茂みに身を落ち着けて、眠りに就こうとしています。

エミリオは頭を背中のうえに載せて、瞳を上空の星々にぼんやりと向けていました。なかなか寝つけず、あれやこれやと心のうちに流れていく想念を追いかけていたのです。草色の肌に身を包み、長くてしなやかな首をもつブラキオサウルス。そんな自分たちの種族、自分たちの仲間を、漠然と美しい生き物のようにエミリオは感じていました。しかし近頃では、とても退屈な生き物でもあると感じるようになりました。

となりでうずくまっていた父さんがふと、夜空に首をもたげて大きなあくびを一つしました。父さんもまだ眠ってないんだ、とエミリオは思って首を起こすと、

「ねえ、父さん」と小声で話しかけてみました。

「んー？」

寝ぼけ半分みたいな間延びした返事が聞こえます。父さんのまぶたは閉じたままのようでした。エミリオは問いかけます。

「僕たちはどうして生まれてきたんだと思う？」

「んー」と父さんはまだ寝ぼけ口調で、「生きるためだよ」

「それじゃあ父さん、生きるっていうことにはどんな意味があるんだい？」

「んー」と父さんは相変わらずの寝ぼけ声を漏らしてから、ぱっと目をひらいてエミリオのほうに少し顔を近寄せると、「またジンセイの話なのかい？　どうしたもんかな」

父さんは、自分が眠りに就くのを邪魔されないようにするにはどうしたらいいのか知りたかったのかもしれません。けれども、あきらめたらしく、エミリオに語りかけました。

「おまえはジンセイを楽しんではいないのかい？　たとえばほら、友達とじゃれ合って原っぱを駆けまわってるとき」

「確かに楽しいよ。でも、あれはジンセイの空しさを紛らわすためにやってることなんじゃないかって、最近考えるようになった」

「怪獣ごっこがかい？」

「そうだよ。紛らわした空しさは、あとでけっきょく自分のところに返ってくるんだ。こんな静かな夜の時間に」

「そうか」と父さんはつぶやき、小さく一つため息を吐きました。

「父さんは、空しくないの？」

「なに、俺が？」と父さんは矛先が自分に向けられたことに戸惑ったように問い返します。

エミリオは言いました。

「朝起きて、葉っぱを食べて、水を吸って、石を飲んで、歩きまわって、夜になったら寝る。こんな単調な日々を僕の何倍も積み重ねてきたのが父さんなんだから、空しさだって、僕の何倍も積み重なっていておかしくないはずだ。いったいどうなってるの？」

「言われてみれば確かにそうだ」と父さんは感心したように言ってから、「だけど、まったく同じ日々だったわけでもない。母さんと出会って、愛し合って、卵が産まれて、おまえが出てきて、毎日少しずつ育っていって、ついにはジンセイについての問答をふっかけられるようになってしまった」

「それで、父さんの空しさはどこへ行ってしまったの？」

「父さんの空しさか……」と父さんは答えを探すようにしばし沈黙したのち、「なくなったとは言えんなあ。おまえの言葉を使うなら、いろいろなことで『紛らわして』いるのかもしれないし、どこかにそっとしまい込んで、見て見ぬふりができるようになったのかもしれない。それとも……、そうか、わかったぞ。父さんの空しさは、ただ自分のなかにしまっておくだけでは収まらなくて、いくらか、おまえに受け継がせてしまったんだ。それで、おまえが空しくなってしまった一方で、その分だけ俺の空しさは薄まったんだろう。おまえが野原を駆けまわってる姿を眺めているとき、俺はちっとも空しくなんかない。ほんの少しの空しさがあったとしても、忘れていられるほどのものだ」

「どういうこと？　父さんは、自分の空しさをこっそり僕のなかに移し替えたっていうわけ？　空しさのかたまりが駆けずりまわってるのを、のんびり見物しているだなんて……。ひどいよ、父さん」

「エミリオや。確かにひどいことかもしれん。俺だって昔は空しさのかたまりとなって走りまわっていたことが、きっとあったに違いない。おまえと話していると、そんなふうに思えてくる。俺たちブラキオサウルスというのは、これだけ大きな図体をもっていながら、頭はほんのちょびっとしか付いておらん。空しさをすっかり消し去る知恵などなくて、自分よりもいくらかマシに見える次の世代へと引き渡していくのがせいぜいのところなんだろう。遠い未来に、俺たちよりもずっと賢い子孫たちが、ジンセイの空しさをきれいさっぱり片づける知恵を発揮してくれているといいんだが」

父さんは未来に責任をなすりつけてこの場をやり過ごそうとしているのだ、とエミリオは気がつきました。けれども、これ以上父さんを責めたところで空しさが減るわけでもなく、受け継がされてしまったらしい空しさを突き返そうにもやりかたがわかりません。なすすべもなく黙っているうちに、強い眠気に襲われました。エミリオは長い首を後ろに向けて巻き、背中のうえにそっと頭を下ろすと、目を閉じました。

＊

「さあ、きょうはここまで」と父が言いました。

夜の縁側に座って話を聞いていた僕は、となりにいた父のほうを見やりました。父もこちらに顔を向けると、ふと、僕の肩越しに視線をずらしました。つられて振り返ったところ、僕と並んで座っていた弟が、目をつぶって頭をゆらゆらさせていました。

「ちょうどエミリオみたいに寝ちゃったか」と言って父が小さく笑いました。

「でも、エミリオは僕だよ」

いくらかむきになって僕は言い返しました。ろくに話も聞かずに居眠りなどしている弟に主役を取られるのが悔しかったのです。それから思い出したことがあって、父に問いかけました。

「ねえ、ちょっと質問があるんだけど」

父は少したじろいだように、

「ひょっとして、人生の空しさのことか」と応じました。

「違うけど、それって何?」

「聞いたってわからないし、聞かなくてもいつかわかるよ」

「じゃあ、いいや。それより、キリンのこと」

「キリン？」

「こないだ、動物園で見たでしょ？　ブラキオサウルスってさ、眠るとき、キリンのまねをしてるのかな。こどものキリンが首をぐるっと巻いて、頭を背中に載せて寝てた」

「そうだったね。覚えてたか。でも、ブラキオサウルスがキリンのまねをしてるんじゃなくて、キリンがブラキオサウルスのまねをしてるんじゃないかな。だって、ブラキオサウルスのほうが、さきに生きてたんだから」

「ああ、そっか」

　と納得したかのように相槌を打ってしまってから、さてどういうことか、と頭のなかでキリンとブラキオサウルスを並べて考えだしました。本当に頭を背中に載せられるほど、ブラキオサウルスの首がやわらかかったのか、それはどうだかわかりません。

「あのあと、お父さん迷子になったよね」

「うん、まあねえ」と父は照れたように応じると、言葉を継ぎました。「俺はキリンをじっくり見たかったんだ。サバンナで生まれたキリンは、動物園に連れてこられても、眠っているときにサバンナの夢を見るんだろうか。それじゃあ、動物園で生まれたキリンのこどもはどうなんだ？　父さん母さんから話に聞いた、サバンナの夢を見ながら眠っているのか。だけど見たこともないサバンナの光景を、どうやって思い浮かべられるだろう。そんなことを考えていたら、いつのまにか俺は家族とはぐれてしまった。どうして迷子の呼び出しをしてくれなかったんだい？」

「どうしてって言われても……」

母と僕と弟の三人は、けっきょく園内で父と再会することができませんでした。三人だけでサル山を眺めているとき、あの父さんは頼もしそうなんだけどねえ、とボスザルをうらやむように母さんが嘆いていました。夜遅く、僕と弟が布団に入ったあと、父は酔っ払って帰ってきたのでした。ふすまの向こうから、父をなじる母の声が聞こえてきたのですが、そのときにも、どうして迷子の呼び出しをしてくれなかったんだ、と父は言い返していたのです。そんなことを僕は思い出していました。

「おや、起きたか」と父が弟のほうに目を向けて、「きょうはもうおしまいだ。部屋に入ろう」と言って立ち上がりました。

「これから仕事？」と僕は尋ねました。

父はよく、夕食後にこうして僕らと過ごしてから外出することがあったのです。

「うん、もう少ししたら、出かけようかな」

「お父さん、髭、剃ったら？」

だしぬけに弟が言いました。父が笑って自分のあごをさすりつつ、もう片方の手で弟の頭をなでました。父と弟が部屋に入ったあと、縁側の片隅に置いてあった蚊取り線香の受け皿を持って、僕も続きました。

それから僕と弟は風呂に入りました。しばらくまえまでは母も一緒に入っていましたが、近頃では、保育園児の弟が体を洗うときに手伝ってやるのは僕の役目になっていたのです。

二人で湯船につかっていると、台所のほうから母の険しい早口と、不服そうに応答する父の声が聞こえてきました。

「また始まった」と僕がぼやくと、

「気にしないほうがいいよ」と弟がそっけなく言いました。

玄関の引き戸が性急に開け閉めされる音が響いてきます。父が出かけていったのでしょう。

風呂から上がって、僕がパジャマを着ていると、

「宿題は？」

と母から鋭い口調で尋ねられました。父と言い争ったあとのいら立ちが尾を引いている口ぶりでした。

「あっ、やってない」

僕はあわてて居間のちゃぶ台のまえに座ると、ランドセルから算数のプリントを取り出しました。ついこのあいだ、ため込んでいた夏休みの宿題を必死で片づけたのに比べれば、一日分

ぐらい、どうってことはないように思えます。

「アイス食べたい」と弟のねだる声が、台所から聞こえます。

「もうないの。夏は終わったんだよ」と応じる母の声は、どこかふてくされたようでした。

銀色の紙でくるまれたバニラアイスバーがよく買い置きしてあったのですが、どうやら今年はもう補充されないようです。そうと知ると、宿題に取り組む意欲もしぼみがちになりました。それでもどうにかやり終えて、歯を磨くと、ようやく布団に潜り込むことができました。

まぶたを閉じた僕の脳裏には、首をぐるりと巻いて頭を背中に置いて眠るブラキオサウルスと、その様子をつぶらな瞳でじっと見つめるキリンの姿が浮かんでいました。キリンはなるほどというように小さくうなずくと、慎重に首を片方に曲げていき、背中のほうまで来た頭を、そっと下ろしていきました。いったん背中に載せてから、頭の位置を少しずらしてちょうどいいところに落ち着かせると、くつろいだ表情を見せ、まつげの長いまぶたを閉じました。こんなふうにしてキリンは眠る姿勢を学んだのか。僕は感心しました。今度また、恐竜の話を父に聞かせてもらおうと思いつつ、ブラキオサウルスとキリンとともに、僕も眠りに就きました。

＊

ある朝、山の向こうから差してくる穏やかな日の光を浴びて目を覚ますと、葉っぱが食べたい、とエミリオは感じました。朝露の小さなしずくをいくつも載せたシダの葉を、口に含んで飲み込むと、舌のうえにほろ苦さが残ります。けっしてまずくはないのだけれども、とびきりおいしいわけじゃない。きのうも食べたし、おとといも食べた。あしたも食べるし、あさっても食べる。いつもと同じ一日が始まったのだと思うと、口をもぐもぐさせながら、エミリオは少し憂鬱でした。空しさを脱するためには、これまでとおんなじ毎日を過ごしていたんじゃ駄目だ。ふとそんな考えが頭をよぎりました。エミリオは胸に沸き立つものを覚えるとともに、落ち着かない気分にもなりました。おんなじじゃない日。でも、どうやって……。

昼下がり、群れが森のなかで葉っぱを食べたり木陰で休息をとったりしているさなかに、エミリオはひとり、なるべく静かに下草を踏みつつその場から離れ去ろうとしていました。振返ると、父さんと母さんが二頭並んで高いところのイチョウの若葉に首を伸ばしています。彼らは空しさを産み出しつづけ、持て余した分を僕に押しつけておいて平気でいるんだ。エミリオはまえに向き直ると、下草の鳴る音も気にせず歩調を速め、背後から呼び止める声がないことになかばほっとし、なかばもの足りなくも感じながら、木々のはざまを歩いていきました。

森を抜けて、まぶしい光のなかへとエミリオは進み出ました。首を伸ばして遠くのほうを見はるかしながら、僕はこれからどこへ行ったっていいんだ、何をしたっていい、と心のうちで言い聞かせました。けれども空を飛びたいと願ったところで急に飛べるわけじゃなし。まずはいままで行ったことのない方角へと歩きだしてみることにしました。

サクサクと葉っぱを押し分ける足音が、やがて乾いた土を踏む静かな音になり、エミリオは荒れた大地のうえをぶらついていました。ただ自分の好きなように歩いているということから生じる単純な喜びが、一歩一歩、足の裏からかすかに湧き昇ってくるようでした。いつしかエミリオは得意になって小走りに大地を駆けていました。

強い日差しが照りつけて、エミリオの背中を熱しつづけています。水が飲みたい。水浴びしたい。お腹も減ったぞ。葉っぱが食べたい。そんな思いが胸にふくらみはじめて、浮かれた気分を押しのけていきました。なんて暑苦しくて重たい体なんだろう。次第に脚の動きが鈍っていきます。

とぼとぼと歩きつつ、あたりを見まわすと、ずっとさきの斜め前方に森があるのが目に留まりました。あそこに行ったらシダの葉がある。きっと水場もあるはずだ。そう思ったら、足取りに元気が戻ってきました。一方で、自分はやっぱり葉っぱを食うことから逃れられないんだと気づかされ、ちょっぴり悲哀を感じもしました。

ナンヨウスギの立ち並んだ森に入ると、ひんやりした空気と木陰の薄暗がりに体を包まれて、ほっと小さく息を吐きました。水はどこにあるだろう。二、三歩進むたびに地面からシダの葉を一口すくって食べつつ、エミリオは森のなかをさまよい歩きました。風が吹きだして梢の葉を揺すぶり、無数の小さな音の泡をはじけさせています。

木立の向こうに、白く輝く地帯が見えました。葉っぱのつまみ食いをやめて一目散に近づいていくと、そこに泉がありました。白銀の光の水面を舌先で割り、透き通った水を頬に吸い上げると、ほのかな甘みが感じられました。首をもたげて喉を潤し、また泉の水面に口先を下ろします。

何度目かに首を上げたとき、泉の向かい側に赤茶の生き物の姿がありました。

アロサウルスだ……。

エミリオの視線はその姿に釘づけになっていました。ところどころに黒ずんだ染みのある赤褐色の皮膚。軽くひらいた口元には青白くとがった歯がいくつものぞいています。黒く潤んだ瞳がじっとこちらを見つめているのと目が合って、エミリオは軽く身じろぎしましたが、視線はそらしませんでした。相手の小柄な身の丈からすると、エミリオとさほど歳の変わらないこどものようです。向こう岸から水しぶきを上げて駆けてこようとすれば、少しもたつくことでしょう。全力で逃げれば引き離せそうではありました。でも、エミリオの体には炎天下を歩いた気だるさが沈殿し、素早い逃げ足を保つだけの力が湧いてきそうにありません。それ以前に、アロサウルスのこどもを生まれて初めて間近で見たことの新鮮な驚きに、ただ見つめつづけるよりほかにふさわしい動作が思い浮かばないのでした。

くおんにちる、おいしなみずざのお。

青白い歯をのぞかせた口が動いて、そんな声が発せられたのをエミリオは聞きました。しわがれたその声は、「こんにちは、おいしい水だねえ」と言っているようにも感じられました。

エミリオは呆然と、赤茶の肉食恐竜の子に目を奪われています。直立ではなく体をほぼ水平に保ち、後ろ足で体を支え、長いしっぽをやはり水平に伸ばし、その先っぽを心持ちもたげて、かすかに左右に振っています。上目にエミリオを見つめ返しているその子に向かって、エミリオは言いました。

「おいしい水だねえ」

ここぜいよくくんば？

「ここにはよく来るの？」と尋ねているのだと感じて、

「初めて来たんだ」とエミリオは答えました。

おもせいなはなしかちざの。

「おもしろい話しかただね」と理解して、

「そうかな」と、はにかみがちにつぶやいたエミリオでした。

「名前はなんていうの？」としわがれ声を聞き取って、

「エミリオ」と答えると、

「俺は、ガビノ」

そう言ってガビノは水面に口をつけ、目を細めてうまそうに舌をぴちゃぴちゃさせました。エミリオはこの泉の味を自分の舌よりもガビノの姿から教えられた気がしながら、首を垂れて水を口に含みました。二頭がそろって顔を上げると、ガビノの黒く潤んだ瞳があらためてエミリオの目を惹きました。ガビノの青白い歯のあいだから、しずくがこぼれて水面に波紋を生みました。

「食べ物をたくさん、水をたくさん、そしたらあとは眠くなってしまうねえ」とガビノがゆったりした口調で言いました。「エミリオは、どうだい?」

「僕は、これから葉っぱを食べるよ。そしたら眠くなってしまうかも」

「葉っぱを食べる?」とガビノは小首をかしげて、「やっぱり君は葉っぱを食べるんだねえ。それで、そいつはうまいのかい?」

「それほどでもない」とエミリオは心持ちうなだれて言いました。

「石も食べるって聞いたけど、本当かい?」

「そうだね……」食べるんじゃなくて飲み込むんだよ、とエミリオは言い直したく思いましたが、たいした違いはないような気もして口ごもりました。

「石は、うまいのかい？」

そう尋ねるガビノの口ぶりに、からかうようなところは少しもありませんでした。けれどもエミリオにとって訊かれてうれしいことでもなく、

「全然。ちっともうまくない」と答える声は沈みがちです。

「俺はきょう、ステゴサウルスの肉を食ったよ」

「ステ、ゴサ……」とエミリオがぼんやりと繰り返します。

深い草色のずんぐりした体つきで、背中に平たい突起物をいくつも生やし、穏やかな目をしたステゴサウルスの群れが、野原でのんびりとシダの葉を食んでいる姿を、エミリオもときどき見かけることがありました。

「肉は……、おいしいの？」と自分でも何を尋ねているのか実感のこもらない口ぶりでエミリオが問いかけます。

「ああ、おいしいよ。とびっきり。俺、肉が大好き」

そう言ったガビノの口元から垂れ下がったしずくには粘り気があり、飲みかけの水ではなくよだれであるらしいとエミリオは気がつきました。僕は彼の目に肉のかたまりとして映っているのかもしれない。そう感じたエミリオでしたが、後ずさることもせず、ただガビノの潤んだ瞳に宿った輝きに見入っていました。

「草食のやつは、どこにでもエサが転がってるからうらやましいって思ってたけど、どうやらそんなにいいもんじゃないんだな」とガビノが言いました。「俺たちのエサときたら、逃げたり隠れたり、おまけにしっぽを振りまわして反撃してきたりで、捕まえるのにひと苦労だよ。食事するのも命がけなんだ」

「たいへん……だね」

とエミリオは、風に吹かれた梢みたいに首を心細げに揺すぶりながら応じました。

「それが、たいへんだけでもないんだよ」とガビノがエミリオを見上げながら小首をかしげて、「確かに、狩りがうまくいかないと、何日も食事にありつけないなんてこともある。でもさ、森や野原で獲物を見つけて、駆け出していって追いついて、闘いのすえ、がぶっと喉笛に咬みついて息の根を止めてやる、そのときの喜びってていったらないね。ちょっとばかり怪我したって、痛みなんて吹っ飛んじまう。そういうものだって、おとなたちは言ってるよ」

「おとなたち？」

「そうさ。だって俺はまだ狩りをしたことがないんだもの。連れていってくれって頼んでも、おまえはまだチビだから駄目だって。悔しいなあ。肉を食ううれしさだけじゃなく、その肉を自分で仕留める喜びを思う存分味わってみたい。そしたら、生きてることがいまよりも、もっともっと楽しくなるんじゃないかな」

「そう」

とエミリオはうなだれがちにつぶやきました。ガビノの言ううれしさも、喜びも、楽しさも、自分には体験できないものだと思うと寂しくなりました。ガビノは水面に頭を垂れて、夢中で水を飲んでいます。水しぶきに入り交じる青白い歯をまぶしく感じて、エミリオは目をしばたたかせました。

「僕はね、大きな鳥になって、空を飛びたい」

思わずそんなことをつぶやいていました。ガビノが上目にエミリオを見て、水面から顔を上げると、

「鳥になんて、なれるのかい？　そんなに図体のでっかい君が？」

「毎日シダの葉っぱを食べてたら、いつか背中からシダみたいな羽が生えてくるんじゃないかと思うんだ。こないだそんな夢を見た」

「想像もつかないな。君みたいのが空を飛んでるところなんて」

「僕だって、空から地上を眺めたらどんな景色が見えるのか、想像もつかないよ」

「不思議なもんだなあ」とガビノはエミリオをまじまじと見つめると、「俺は、俺以外の何にもなりたくない」

ガビノの黒く潤んだ瞳と目が合うと、エミリオは自分の語ったことが幼い夢物語にすぎない

ように感じられ、気恥ずかしくなってまなざしを伏せました。

「だけど、シダを食べつづけてたら、本当に羽が生えてくるなんてことがあるのかもしれないね」

とガビノが素直な口調で言葉を継ぐと、エミリオはますます恥じ入って、水を飲むふりをして水面に首を下ろしました。

「ねえエミリオ」と呼びかけられてちらりと目を向けると、ガビノが興味深げにこちらを見つめて言いました。「君らのところでは、どんな遊びがはやってるんだい？」

「遊び？」

「俺たちはかけっこをよくやっている。狩りの練習にもなるからね。俺はけっこう速く走れるんだけど、口の悪い兄貴分が決めつけてこう言うんだ。おまえはすばしっこいだけで度胸が足りない、って。ほんとに腹が立つよ。俺だってチャンスさえあれば」

そう言ってガビノはじっと水面に視線を落としています。いまがチャンスだって、気づかないのかな？　エミリオはなんだか釈然としない思いがしました。僕が獲物のように見えないってことなんだろうか。でも、いつ見かたが変わるかわからない。油断はできないぞ。

ガビノがふとエミリオのほうに目を向けると、

「遊びの話をしてたんだった。ねえ、君らのところでは、どうなんだい？」

こどもらしい話題に戻ったことにエミリオは少しほっとしながら、

「僕らは、怪獣ごっこかな」

「怪獣？　それって、どんなの？」

「肉食恐竜みたいなやつだよ。僕らも狩りに備えて練習している……のかな」

狩りをするほうじゃなくて、されるほうだけど、とエミリオは心のなかで言い足しながら、口先を水に沈めました。

「そうかあ。ああ、早く狩りがしたい」とガビノがもどかしそうに言いました。「初めて仕留めた獲物の味は格別で、一生忘れられないってさ」

エミリオが水を舌ですくいつつ見上げると、ガビノのとがった歯のあいだから、よだれが少し垂れて、光っていました。不意に、ガビノの肉体がまわりの森の景色から妙にくっきりと浮き立ち、腐った肉色のざらついた皮膚がそのままの色で鮮やかな生彩を放っているように見えました。エミリオはまばたきして、水面から首をもたげました。

「エミリオ、もう水はたっぷり飲んだ？」

とガビノが言った拍子に、口元にきらめいていたよだれのしずくが落ちました。

「いや……」飲んだと答えたら飛びかかってくるのではないかとひるむ気持ちを覚えつつ、

「僕は、まだ」

そう言ってエミリオはガビノから視線をそらさないままふたたび首を下げ、少しもおびえてなどいないそぶりで平然と水に口をつけました。

「俺はもう飲んだから、群れに帰って昼寝でもしよう」とガビノは気の抜けた表情でつぶやくと、ふと満足げに微笑んで、「それじゃあね」

エミリオは口を水面から離して、

「じゃあ」と小声であいさつを返しました。

ガビノはエミリオに背を向けると、しっぽを小刻みに振りながら、二本の脚で軽やかに歩いて木立のはざまに分け入っていきました。下草を踏む足音が遠ざかり、やがて木々のかすかな葉ずれの音だけが残されたのを、エミリオはぼんやりと聞いていました。当然味わわなければならなかったはずの決定的な恐怖を味わいそこねたようなもの足りなさがほんの少し、心に残りました。

それからエミリオは、泉のほとりのシダの葉に口先を近寄せ、ことさら食べるという意識もないうわの空の調子で、繰り返しむしり取っては飲み込んで腹を満たすと、もと来たほうへとのっそりと歩きだしました。

脳裏には、あの赤茶の肉食恐竜の残像がいつまでもちらついていました。あの瞳、あの歯、あの皮膚。ゆらゆらと無邪気に揺すぶられたしっぽ。目を細め、ぴちゃぴちゃと舌を動かしてうまそうに水を飲む姿。俺は、俺以外の何にもなりたくない……。ガビノの声が、頭のなかにやわらかく反響します。ガビノ、とその存在の名残を確かめるようにエミリオは小さくつぶやいてみました。

森を抜けると、荒れ地の向こうに首の長い見慣れた種族の姿が一頭見えました。向こうではまだこちらに気づいていないようでしたが、どうやらそれが父さんであるらしいとエミリオは察知しました。いったん森のなかへ引き返して別のところから抜け出せば、追っ手から逃れることもできそうでしたが、むしろほっとした気分に駆られて、

「おーい」と呼びかけてしまいました。

父さんは顔をこちらへ向けると、ゆったりとした足取りで歩み寄ってきました。近づいてくると、口元に笑みの浮かんだ穏やかな表情が見えました。

「やあエミリオ、こんなところまで来てたのか」

「うん」ときまり悪げにエミリオは相槌を打ちました。

「きれいな蝶でも追いかけてたのかい？」

「そんなことない」とぶっきらぼうに答えます。

「父さんはトンボを追いかけてたんだ。そしたらここに来てしまった」

「トンボなんて、見かけなかった」

「そうか」と父さんはうなずき、「それじゃあしかたない。さて、暗くなるまえに帰ろうじゃないか」

そう言って、もと来たほうへとゆっくり歩きだしました。エミリオもしかたなくといったふうにあとを追います。乾いた地面を踏んで静かな足音を立てながら、やがてエミリオは父さんのとなりに並んでいました。

「アロサウルスって、ステゴサウルスの背中の板も食べるの？」

唐突な質問を受けて、父さんはエミリオをちらりと横目に見ると、

「あの五角形の骨板のことだね？　食べないさ。あれは硬いからね。連中は美食家なんだ。やわらかくて、みずみずしいところだけしか食べない。地面に骨の残骸が散らかってるところでも見たのかい？」

「そうじゃない。ただ、アロのこどもとしゃべったとき、訊いてみようと思ったのに訊きそびれちゃったから」

「アロのこどもとしゃべったとき？」

父さんがけげんそうにエミリオのほうに顔を向けます。エミリオは言いました。

「さっきの森のなかに泉があって、そこでお互い水を飲みながら話したんだ」

「そんなことがあったのか。そりゃ、いい経験をしたな。ただ、母さんには内緒にしておいた

ほうがいい。気絶するか、しっぽでひっぱたかれるか、その両方かもしれないぞ」

「父さんは、あの森に行ったことがあるの？」

「ないさ。ナンヨウスギの葉っぱなんて、うまいもんじゃない。それに、あのあたりはアロサウルスの縄張りになってるからね。むやみに立ち入るわけにはいかん。まあ、こっちから行かなくても、いつか向こうから迎えに来るだろう」

「父さんが、食べられちゃうってこと？」

「あちらさんのお口に合うかどうかわからんがね。覚悟だけはしてるよ。だけど、いますぐってわけじゃない。おまえがもっと大きくなるのを見届けてからだな」

「じゃあ、どうしてマルコおじさんは……。ピノはまだ小さいのに」

ピノがまだ卵から出てくるまえに母さんのルシアおばさんが亡くなり、あとを託された父さんのマルコおじさんまでもが、幼いピノを残してアロサウルスに食われてしまったのでした。

「確かになあ。ただ、兄さんはもう大きいし、姉さんもませてるから、よく面倒は見てもらってるようだが。おまえだって、半分兄さんみたいなもんだろう」

「僕、ピノのことは卵のときから知ってるからね」とエミリオは少し得意になって言いました。

「あの子、近頃怪獣の役ばかりやりたがるんだ」

「ほう。正義の味方の役じゃないのか」

「正義の味方？　父さん、僕らの遊びじゃ、そんな役はないんだよ。なぜなら、遊びは現実を象徴したものだから、現実に存在しないものは遊びにも存在しない。僕らは怪獣に追いかけられて、逃げ延びるか、反撃するか、倒されるか、そのどれかを選ぶしかないんだ」

「そうだったのか」

「それでね、どうしてピノが怪獣になりたがるのか、きょう、なんとなくわかったよ。あの子、本物の怪獣になりたいんだ」

「ふむ、本物の怪獣」

　父さんはそれっきり考え込むように黙ってしまいました。エミリオも、これ以上話したい気がしなかったので、父さんのかたわらを黙々と歩いていきました。ピノが実際のところどう考えているのか、はっきりしたことはわかりません。それよりもエミリオ自身、肉食恐竜になりたい、という衝動が体の奥から火照るようににじみ広がってくるのを自覚しつつありました。ガビノみたいな肉食恐竜に、いや、ガビノそのものに……、そんな自身の思いに戸惑い、エミリオは首を小さく振りました。

　やがて野原に憩うブラキオサウルスの群れが視界に現れました。小さなピノが、兄さんのブルーノと姉さんのヒメナのあいだに挟まれて、だいだい色にふくらんだ夕日を眺めやっているようです。そんな三きょうだいの並んで座った後ろ姿がエミリオの目を惹きました。

ふと、前足で踏んだ硬く小さなものが、砕けてつぶれるような感触がありました。

「父さん」とエミリオは呼びかけました。「僕はいま、ギンナンを踏んだみたいだよ。きっと父さんがイタズラでばらまいたやつじゃないかと思うんだ」

「俺がかい？」と父さんがちらとエミリオに目を向けて、「はて、いつそんなイタズラをしたっけな」

「とぼけたって駄目だよ。僕、ちゃんと見てるんだから。イチョウの葉っぱを食べて森から出てくるときに、父さんはプッと、口からギンナンを」

「そうかそうか、見てたのかい」と父さんは苦笑して、「確かに父さんはイタズラをしてる。森から持ち出したギンナンを、原っぱにプッ、プッと吐き飛ばしてる。ギンナンから芽が出て、イチョウの木が育っていくかもしれない。そうやって森が広がっていけば、どうだろう。エミリオ、おまえたちがおとなになったとき、新鮮な葉っぱをたらふく食べることができるじゃないか」

そんなにうまくいくもんだろうか。やっぱり父さんは遊んでるだけなんだ。でも、ひょっとしたら僕はいま、未来のごちそうの種を一つつぶしてしまったんだろうか。そう思うとエミリオは、少し惜しいことをしたような気もするのでした。

野原の岩陰に着くと、母さんが首をエミリオのまえに突き出して、

「まあ。いったいどこへ行ってたの」と怒気をはらんだ声で言いました。

「トンボを追いかけてたら、迷子になってしまったんだ」とエミリオに代わって父さんが答えます。

「気をつけなくちゃ駄目よ。この弱肉強食の世界で生きていくには、弱い者は群れ集まっていなくちゃいけないの。わかってるでしょう？」

エミリオは返事せず、なかばうんざりしながらうなずいてみせました。弱い者というけれど、僕らは本当に弱いんだろうか。ふと、そんな疑問が湧いてきます。父さんや母さんの知らない世界を僕はきょう、かいま見たんだ。またいつか、自分の望むときに、自分の足で、その世界に向かって歩いていくことができるだろう。そんな思いが胸のうちを静かに満たしつつありました。

太陽が地平線のかなたに没して、夜になりました。空にはうっすらと雲がかかり、星はあまり見えません。シダの茂った地面にうずくまったエミリオは、首をもたげてあくびを一つすると、背中のうえに頭を載せて目を閉じました。

脳裏に浮かんできたのは、あの赤茶色をしたアロサウルスのこどもの姿でした。無邪気な黒い瞳の奥には獰猛な肉食恐竜の血が流れていて、獲物をまえにぱっと目を輝かすと地面を蹴って素早く駆け寄り、口を大きくひらいて青白くとがった歯をきらめかせながら首筋に咬みつく。

その歯に食い込まれた鋭い痛みを想像しながらエミリオは、不思議な充足感にとらわれていました。ガビノ、と心のなかで呼びかけます。君の初めての獲物になれるんだったら、僕、なってもいい。僕の肉が、胃袋のなかで消化されて君の肉になり、君の心が、最初の獲物である僕のことをずっと忘れずにいてくれるのなら、きっと僕は幸せ者だ。僕のエミリオとしてのジンセイは終わって、ガビノのジンセイのなかに溶け込んでいく。そんなことを思いつつ、エミリオは目を閉じたまま、小さくため息を吐きました。まぶたの裏に映し出されたガビノの像が、黒く潤んだ瞳でエミリオを見つめ、小首をかしげて、しっぽをゆったりと左右に振っていました。

＊

小学四年の夏休みが終わってしばらく経ったころのことでした。校庭の片隅に植えられたイチョウの葉はまだ黄色に染まっていませんでしたが、ギンナンが地面に散らばりはじめていました。薄緑色をして、サクランボのように二粒ずつ、つながった実です。放課後に、僕はランドセルをイチョウの木の根元に置くと、かがみ込んでギンナンを拾い上げては、半ズボンのポケットにしまっていきました。

「おーい、岡島」

声を聞いてとっさに立ち上がって振り向くと、坊主頭で日焼けした塚原君が走り寄ってくるのが見えました。野球帽をかぶった小柄な沢口君と、色白で痩せている内川君が、すぐあとを追ってきます。塚原君は僕のそばまで来ると、

「おまえ、ギンナン拾ってただろう」と、とがめるように言いました。「何すんだよ、そんなくさいの」

「何って……」と僕は口ごもりかけながら、「お父さんにあげる」

「えーっ」と声をあげたのは沢口君でした。「おまえの父ちゃん、食べるの？　丸ごと？」

「それはどうだかわからない。あげてみないと」

ブラキオサウルスの父さんならば、丸ごと食べて、ときどき種を吐き出したかもしれません。僕の父がどうするかは、父自身が決めればいいことです。

「岡島のお父さんって、恐竜の子孫なんだって？」と内川君が問いかけます。

「うちのお父さんがっていうか……、みんなそうでしょ？」

「えええーっ」と沢口君が大げさにうなって、「違うよ。俺たちの父ちゃんはみんな人間。おまえんとこだけだよ、恐竜なのは」

誤解されている、と思いました。僕の父だって人間です。でも、父の父、そのまた父と、ご

先祖様をずうっとたどっていったら、だんだん顔立ちや体つきが変わっていって、しまいには恐竜になっているはず。そんなことを説明できればよかったのですが、とっさに言葉が出てきません。話したところで、本当にそうなのか、と問われれば心もとないところです。人類の祖先はネズミみたいな生き物だった、と聞いたことがある気もします。

「なあ、岡島」と塚原君が僕の肩を軽く叩いて、「休み時間に言ってた恐竜の話、内川も聞きたがってるから、もう一回話してくれよ」

なんだと？　休み時間には、馬鹿にしてろくに耳を傾けなかったくせに、もう一回？　僕はむっとしましたが、この三人のなかでは、内川君はまじめなほうです。試してみる価値はあるかもしれない、と思いました。

「じゃあ、話すよ」と僕は語りだしました。「ブラキオサウルスのこどものエミリオが、ええっと……父さんと母さんの見ていない隙に、こっそり遠くへ出かけていきました。喉が渇いたなあ、と思って森のなかへ入っていったら、泉がありました。それで、夢中になって水を飲んでいると、泉の向こうにアロサウルスのこどもが現れたのです。その子が言いました。『やあ、こんにちは』」

「だからさあ、それは何語で言ったの」

と沢口君が口を挟みます。休み時間のときも、ここで話の腰を折られたのでした。

「何語とかじゃなくて、恐竜の言葉だけど」と僕はあらためて返答しました。

「デタラメ言うな」と沢口君がたたみかけます。「そんな言葉、あるわけないだろう」

「なんでだよ」と僕は言い返しました。「恐竜の言葉がないって知ってるのかよ」

「おまえこそ、なんで恐竜の言葉があるって知ってるんだよ」

「だって、お父さんから聞いた話だから……」

「お前の父ちゃんがおかしいんだよ」と沢口君が口をとがらせてなじります。

そんなことはない、と僕は思いました。

「岡島のお父さん、恐竜の言葉がわかるわけ？」と尋ねたのは内川君です。

「どうだろう。わかるんじゃないかなあ、おとなだから」

こどもの僕だって、いざとなれば恐竜の言葉ぐらいわかるような気がします。おとななら、もっと物知りでも不思議はありません。

「やっぱり、インチキ」と塚原君が宣告します。「こいつの言ってることはインチキだ。処刑しろ」

沢口君が僕の背後にまわり込み、こぶしでポカッと背中を叩いて、

「うそをつくな」

「ついてない」と僕はきっぱり応じます。

ふたたび沢口君がポカッと叩くと、

「ついただろう」

「ついてない」

僕をうそつきだと決めつけることで、叩くことを正当化していたのでしょうか。不愉快ではありましたが、沢口君のこぶしはそれほど痛くありません。

「内川も、処刑しろ」と塚原君が命じると、

「本気出せよ」と沢口君が言い添えました。

転校してきて半年ばかりの内川君です。好きこのんで塚原君たちと一緒にいるというより、まとわりつかれて、しかたなくつき合っているようにも見えました。

「うそ、ついたの?」

手足の細い内川君が、僕の真正面に立ち、小声でそう問いかけてきました。色白の頬が、かすかに紅潮しはじめています。

「ついてないっ!」とひときわ大きな声で僕は答えました。

ドスッ。鈍い音とともに、強い痛みを腹に感じながら、僕はその場にしゃがみ込みました。

一瞬、何が起こったのかわかりませんでしたが、どうやらパンチが直撃したようでした。

「すげえ、内川」

塚原君の感嘆の声が聞こえます。そこに、沢口君の笑い声が重なりました。いやいや、笑ってる場合じゃない。痛いだろう、これは。息が苦しくなっていました。地面に倒れ込んだら少しは楽になるような気がします。だけど、もし騒ぎにでもなったら、一番の悪者にされるのはきっと内川君です。それは違うんじゃないか、と感じて倒れずに踏みとどまっていました。

「大丈夫？」

不安そうな内川君の声が耳に届きました。僕はしゃがんだままゆっくりと息を吐くと、両手を腹に当てて立ち上がり、

「いまの、痛かった」と告げました。

「ごめん、間違えた」と内川君が応じます。

その言葉に塚原君と沢口君が吹き出しました。つられたように内川君の口からも、くすっと声が漏れました。何を間違えたっていうんだ。何がおかしい。僕はこんちくしょうと思ってポケットからギンナンを取り出し、投げつけるかまえを見せました。

「うわあ。くさいの投げてくるぞ」

塚原君がそう叫んで駆けだすと、沢口君、内川君もあとに続きます。ランドセルを揺すぶりながら遠ざかっていく連中の後ろ姿を、僕は呆然と見送っていました。

帰り道、半ズボンの左右のポケットをギンナンでいっぱいにふくらませて僕はひとり、歩い

ていきました。片手で腹をさすってみますが、痛みはほぼ消え去っています。腹の表面から胸のうちへと、痛みは静かに移動したようでした。当初は殴られたことへの腹立ちがありました。でも、人を殴らされるなんて僕ならいやだし、そんなことをさせられた内川君こそ、かわいそうです。ごめん、間違えた、と彼が発した言葉はいかにも間の抜けたものでしたが、そのときの顔には、本当に間違えたことをしてしまったというあせりの表情がにじんでいたような気もします。かすかな痛みは、僕と内川君のふたり分に増えて、僕の胸の奥底にしまい込まれることになりました。それは、いつ芽を吹いて、どんな果実をつけるとも知らずに埋められた、植物の種のようなものでした。

*

群れに入り混じって、エミリオは森を出ました。背中に焼けつくような日差しが当たります。にわかに明るくなった視界のなかで、まわりのブラキオサウルスたちの体がうっすらと輝いて見えました。

川のほとりに着くと、ゆるやかに波立つ水のうえに、ブラキオサウルスのこどもの姿が一頭、映っていました。なんて醜いんだろう。エミリオはそう思いました。水面から心細げにエミリオを見つめ返しているその姿は、エミリオ自身のものでした。この長い、長すぎる首。肉食恐竜に咬みつかれるにはちょうどいいけど、どうしてこうも不恰好なんだろう。首のさきっちょにおまけのようにくっついた小さな頭に、弱々しい顔。そして長い首を支えるずんぐりとした胴体。エミリオは全身を映し出すように川の流れに沿って体の向きを変えました。根元ばかり太くて先っぽのひょろ長いしっぽ。いつかガビノに食われる日まで、このひと続きの体にしばらくは耐えなくちゃならないんだ。エミリオは悲しい顔つきで首を下げ、川面に映ったエミリオ自身と口づけし、水を吸いました。水のなかの鏡像は、空を吸っているようでした。

首をもたげると、川の水のなかで銀色に光るものがいくつか見えました。それは魚たちの脇腹でした。川上に頭を向けていた魚たちがさっと身をひるがえし、川下のほうへと敏捷に泳ぎ去っていくのを、エミリオは見とれるように眺めていました。

また森へ入ると、エミリオはさっそくシダの葉を口で摘みはじめました。ガビノは僕の姿を食べるんじゃなくて肉を食べるんだ。ごちそうだ、ごちそうだ、僕はごちそうになるんだ。そんなことを心のうちでつぶやきながら、黙々と食べつづけていました。不意に、頭上からおとなたちの声が降りかかってきます。

「あっ、やられる」

「いや、粘ってるぞ」

エミリオもできるかぎり首を伸ばしてみましたが、おとなたちのように木々のうえに頭を突き出すには背丈が不足していました。父さんがそばに寄ってきて樹上に首を伸ばし、遠方の様子をうかがいます。

「ねえ父さん、何が見える？」

「いかついステゴサウルスが、一頭」

「それだけ？」

「アロの若造が……、三頭がかりだ」

そう聞いて、エミリオは不安ともつかない感情に身震いを覚えました。

「ああ」と、まわりのおとなたちから嘆きの息が漏れると、父さんも声にならないため息を一つ吐きました。

「決着が、ついたの？」とエミリオはおずおずと訊きました。

「まだだよ。しかし、どっちが勝っても見ちゃいられない」

そう言って父さんは闘いの現場らしき方角から目をそらし、その場を離れていきました。本当に見ちゃいられないものかどうか、僕もこの目で見たい。そう思い立ったエミリオは、下草を踏み分けて歩きだしました。まさか、アロたちのなかにガビノがいるわけではないだろうけど……。そんなこともちらと思いつつ、森の途切れる境目までやってきました。

平原は強い日差しを受けて白い光をはらんでいます。木立のはざまから顔を出したエミリオは、まぶしさに目を細めました。光のかなたに、恐竜たちのうごめく姿が見えています。赤茶のアロサウルスたちに取り囲まれた深い草色のステゴサウルスが、しっぽの鞭を懸命に振りまわしています。しっぽに二対四本生えた象牙色のたくましいトゲの猛威をまえに、アロたちは進んでは下がり、包囲の輪を縮めかねているようです。三頭のアロたちはガビノより年上のようでしたが、まだおとなの体格でもありません。身振りには狩りに不慣れなぎこちなさが漂っていて、とがった爪の生えた小さな手を前方に繰り出し、短い首を伸ばして咬みつこうとしますが、どっしりとしたステゴの体までなかなか届きません。背後から襲いかかろうと一頭が踏み込んだところへ、ステゴのしっぽが素早く走ります。トゲが脇腹を鋭くひっかきました。甲高い悲鳴があがり、傷つけられたアロがよろけて二、三歩、後ずさりします。それをきっかけに、残りの二頭がステゴにいっせいに飛びかかり、とがった歯を体に食い込ませました。野太く悲痛な叫び声を響かせながら、ステゴが反り返るように首をもたげます。首筋の皮膚が破れ、血しぶきがほとばしりました。力を失ってくずおれたステゴの体に二頭が取りつき、腹の肉を引き裂くと、また血があふれ出てきます。真っ赤に濡れ光る肉片がアロたちの歯に次々とちぎり取られ、口のなかで性急に揺すぶられて飲み込まれていきます。

エミリオは異様な高ぶりを覚えつつ、この惨事に夢中で目をこらしていました。あれが、食われるということ。食うということ。エミリオには恐ろしくもあり、奇妙に奮い立たされるようでもありました。

傷を負った一頭のアロが、おぼつかぬ足取りでステゴのもとへ寄っていきました。腹のあたりに群がる仲間たちとは逆に、背中のほうへまわり込むと、アロは傷の痛みも忘れたのか、猛り狂ったように上体を激しく揺すぶりながら、赤みがかった灰色の表面をした五角形の骨板を引きちぎり、全身をバネのように弾かせて上空へと投げ飛ばしました。一つ、また一つ、一端を血まみれにした骨板が放り投げられ、日の光を浴びてつかのま鈍い輝きを帯び、地面に落下していきます。あいつ、食べもしないで、あんなこと……。エミリオは身じろぎもせず、鼓動を高鳴らせたまま、蛮行のなりゆきに瞳を吸い寄せられていました。

「エミリオ」

と心細げに呼ぶ声を聞いて振り向くと、近寄ってくるヒメナの姿が木々のあいまに見えました。

「行こう、エミリオ。もうすぐ移動だよ。何してるの？」

「何って、闘いを見てたんだ」とエミリオは邪魔が入ったことに少しむっとしながら答えると、興奮気味に言葉を継ぎました。「若いアロが三頭、寄り集まってステゴを倒した。みんなで肉をむさぼりだしたけど、一頭だけ、背中から骨板をむしり取って空にぶん投げたやつがいて、それを何度も繰り返し……」

「やめて」と厳しい口調でヒメナが言いました。「エミリオは、どうしてそんなひどい光景を見ていたの？」

「僕が見ていようと見ていまいと、こういうことはいつもこの地上で起こってることなんだ。僕は知っておきたかった。この目に焼きつけておきたかったんだ」

「ステゴの骨板をもてあそぶなんて、許せないよ。エミリオも、ぼんやり見物なんかして」

「ぼんやりじゃなくて、僕は精いっぱい見ていた。あれは、もてあそんでたんじゃない。アロのやつ、ステゴのしっぽで傷を負わされたもんだから、怒りに駆られて、きっとどうしようもなくなったんだ」

「エミリオがアロの弁解をするだなんて、どうかしてるよ」

「確かに、僕はどうかしてるのかもしれない」

ヒメナがエミリオに背を向け、ゆっくりと歩きだしました。エミリオもあとを追います。ヒメナがふと足を止めて振り返り、

「骨板は、ステゴの誇りなんだよ。だから、粗末にしちゃいけないんだ」

「えっ」とエミリオは当惑がちに声を漏らすと、「ヒメナは、どうしてステゴのこと、知ってるの？」

「かつて母さんが生きていたころ、寝るまえによく聞かせてもらった話があるんだ」

そう言ってヒメナは小さく息を一つ吐くと、語りはじめました。

「ずっと昔のことだけど、ステゴサウルスの女の子マレナと、アロサウルスの男の子フリオが、森のなかで出会いました。初めに相手の姿に気づいたのはマレナのほうです。そのときフリオはソテツの木に顔を近寄せ、玉のような形に咲いた白い花の香りを嗅いでいました。その不思議な光景に惹かれて、マレナは思わず歩み寄っていきました。下草を踏む音に気づいてフリオは振り返り、マレナの姿を見るとあわてて、

『僕、ソテツの木に、なんだか変わったものを見つけて……。いいにおいがするよ』

と恥ずかしそうに言いました。マレナは吸い寄せられるように近づいていき、鼻先を白い花のまえに突き出しました。ほのかだけれどしっとりとした甘いにおいがします。

『ほんとだ』

『そうでしょう?』

と穏やかに言ってフリオも鼻先をまた突き出し、マレナと一緒に香りを嗅ぎました。

これをきっかけに二頭は知り合い、やがて自分たちが恋に落ちていることに気がつきました。けれど、マレナの父さん母さんは、娘が肉食恐竜とつき合うことには猛反対です。そこでフリオは自分の兄さんに頼んで、白骨化したステゴの亡きがらから拾い上げた骨板を、松ヤニで背

中にくっつけてもらいました。真っ白な骨板をいくつか背負ったアロサウルスが、おずおずとステゴの群れのまえに姿を現しました。

『まあ、なんという姿』

『こんなステゴサウルスには、初めて出会った』

母さんも父さんも、目のまえの恐竜の正体がステゴサウルスのまねをしたフリオであることを知っていました。けれども、アロであることをやめてステゴたちの誇る骨板を身に着けてまで仲間として認めてもらおうとしているこの若者の、珍妙な真剣さをまえに、拒むことはできないと感じたのでした。

ステゴの群れに入り交じったフリオは、マレナがとろんとした目をしてゆったりとシダの葉を食んでいる姿を、やさしく見つめていました。そしてときおりステゴの満腹のときの鳴き声をまねてみたりして、周囲の笑いを誘っていました。

幾日かして、夜が明けてみると、群れのなかの一頭、年老いたステゴの姿が見当たりません。ステゴたちが捜しまわってみると、森のなかに咬み傷を負った亡きがらがありました。誰もがフリオを疑い、そして疑ったことを恥じました。フリオは不恰好な姿ではあるけれど、誇り高き骨板をもち、仲間として迎えられた存在です。仲間を疑うことは、仲間を裏切ることと同様、温厚なステゴたちにとって恥ずべきことでした。群れは亡きがらを置いたままその場を去りました。

日が経つにつれて、一頭、また一頭と、歳をとった者から順々に姿を消していきました。マレナの父さん、母さんもいなくなり、しまいには、群れに残ったのはフリオとマレナだけになりました。

夜になり、マレナがうつらうつらしていると、

『マレナ』

とひそやかに呼びかける声がしました。闇のなか、マレナが目をひらくとすぐそばに、フリオの小さくきらめく二つの瞳が見えました。

『僕はお腹が減って、もうじきくたばってしまう。かつて長老にそう訴えたとき、こんな答えが返ってきた。〈おまえさんが肉を食うステゴサウルスなら、わたしがそのエサになろう。どのみちわたしも長くはないし、おまえさんに食われなくたって、じきに別の肉食恐竜の餌食になるかもしれないんだ。若い者、屈強の者が生き延びて、その誇らしい背中の骨板を保っていきなさい。わたしを葬り去ったあと、腹が減ったら年寄りから順に声をかけ、わたしの言葉を伝えるといい〉と。そのとおりにして、マレナは飛ばしてだんだん若いのにも咬みついていったら、ついに僕のまえにはマレナしかいなくなってしまった。こんなことになってしまって、ことの重大さに僕はいま、取り乱している。このままだと僕はこれから君を食べ、群れを全滅

させてしまうことになる』

『フリオ』とマレナが声をかけました。『全滅はしないよ。あなたが生き延びるのであれば。だって、あなたは確かにステゴサウルスなんだから』

『僕がここでくたばって、マレナが生き延びたっていい。むしろそのほうがいいと思う』

『あなたが本当に耐えられるなら、そうしたっていいんだよ。空腹に耐え、わたしを食べないことに耐えられるのなら』と……」

ヒメナがそこまで話したところで、ヒメナの兄さん、ブルーノの声がしました。

「おーい、早く戻ってこいよ、ヒメナ。もう移動だぞ」

ヒメナが足早に声のするほうへと向かい、エミリオもあわてて追っていきます。ふと振り返ると、恐竜たちが闘っていた平原の様子は、木立に阻まれてもう見えなくなっていました。

＊

まばらな街灯に心細く照らされた夜の坂道を、僕は父のあとについていくだっていきました。道を取り巻く森の木々のあいまに、瓦屋根やトタン屋根の人家がときどき現れます。ごくたまに、車のヘッドライトが道のはしを歩く僕らを照らし出しては通り抜けていきます。坂の傾斜がゆるくなり、うねった道がまっすぐになると、にわかに沿道の建物が増え、金物屋や畳屋の看板が目に入ってくるようになりました。

板チョコみたいなマス目模様の入った木製の扉のまえで、父が足を止めました。飯能の駅に出るときに幾度も通った道ですが、ここで立ち止まるのは僕には初めてのことでした。かたわらには、青地に白い文字で「スナックさざなみ」と書かれた看板が置いてあり、蛍光灯の明かりを放っています。父が扉をあけると、内側についていたらしいベルが揺れてカランカランと鳴りました。

「まあ、岡島さん、いらっしゃい」

ほの暗い店内のカウンターの向こうから、パーマ頭の年配の女性が声をかけてきました。妙に黒々とした髪にあまりつやはなく、近づくと、生え際のところに白いものが交じっているのが見えました。客席にはまだ誰もいません。

「チヨさん、息子を連れてきた」

「あらあ、坊ちゃん」チヨさんと呼ばれた女性は僕に笑顔を向けると、「このまえはけっこうなものをいただいて」

「けっこうなもの、か」と父が苦笑します。

チヨさんの白い顔に薄紫色のアイシャドウが映えています。唇は深い紅色でした。

僕は父と並んでカウンター席に腰かけました。チヨさんの背後にはお酒のボトルが並んでいます。

「お父さんのほうは、いつものですか」

おしぼりを渡されて、父は手をふきながら、

「うん。あと、息子にはオレンジジュース」

「言われなくても、坊ちゃんにはサービスします。ギンナンのお礼ですから」

校庭で拾ったギンナンを持ち帰った日、ズボンのポケットをくさい汁で汚したかどで、母にはずいぶん叱られたものでした。左右のポケットをぱんぱんにふくらませていたギンナンを、僕はビニール袋に移し替えました。あとでそれを父に渡したら、上機嫌で受け取ってくれたのです。ギンナンはお店に持っていって食べた、お店の人が会いたがってるから、と言われてきょうはここへ連れてこられたのでした。

「あれは、もう全部食べちゃったのかな」

と父が尋ねると、チヨさんはジュースの瓶を栓抜きであけながら、

「このまえ岡島さんがいらしたときに、ほかのお客さんにも振る舞った分で、食べきってしまいました」

それから瓶をコップに傾けつつ、

「皆さん喜んで食べてましたよ、坊ちゃん。もちろん、お父さんも」

そう言って、僕のまえにコップを置いてくれました。果汁がどのくらい入っているのかいないのか、ジュースはやけに透明感のある薄いオレンジ色をしています。

「丸ごと食べたの？」と父のほうを見ながら僕は訊きました。

「丸ごとは食べないよ」と苦笑しながら父が応じます。

「まず、あの実のなかから種を取り出すでしょう」とチヨさんが解説を始めました。「それをフライパンで火にかけるの。そのあと、種の殻のなかに入ってる黄緑色のマメみたいなのを食べるのよ、塩味で」

「まあ、あんな苦いもの、こどもにはうまくないですよ」と父が言って、僕に顔を向けると、

「ギンナンがオレンジジュースに化けてよかったな」

僕は人見知りして黙ったまま、うなずいてみせました。ふだん家で飲むものといえば牛乳か麦茶、ほうじ茶ぐらいでしたから、オレンジジュースにありつけるのは珍しいことでした。同級生三人組にからかわれ、母に叱られてまで、ギンナンを持ち帰ったかいがあったというものです。

「坊ちゃん、お名前は？」

チヨさんから尋ねられたとき、ちょうど僕はグラスに口をつけて、ちびちびとジュースの甘

みを確かめているところでした。

「ほら、謙吾、名前を訊かれてるぞ」

僕は横目にじろりと父を見ました。

「謙吾君ね」とチヨさんが父の言葉を受け取って、「学年は?」

「四年生」と今度は自分で答えました。

「あらあ、うちの孫と同じだわ。いや、五年だったかしら。毎年変わっていくからわかんなくなっちゃって」

そう言いながらチヨさんは、茶色い飲み物が少しと氷がたくさん入った幅広のグラスを父のまえに置きました。

「それ何?」

父に尋ねたつもりでしたが、チヨさんが応じて、

「ウイスキーですよ。謙吾君もおとなになったらね」

「薬だよ、薬。とっても苦いやつ」と父がすかさず言い足しました。

「薬なら、家で飲めばいいんじゃない?」

素朴な疑問を僕がぶつけると、

「そうはいかないんだよ。母さんが駄目って言うからね」と父が応じます。

「看護婦なのに?」

それを聞いて、チヨさんは吹き出すと、

「そとで飲むと効く薬があるんです」と言いました。「でも岡島さんねえ、奥さんにあんまり心配をかけちゃいけませんよ」

父はグラスを軽く揺すぶってから、薬だというウイスキーを一口飲んで、

「奥さんは、大事です」とつぶやきました。

「岡島さん、せっかくだから、奥さんとのなれそめの話でも謙吾君に聞かせてあげたら? 中学の同級生だったのよね」

「秘密だよ、秘密」と父はあわてたように言ってから、「いや、何も隠すようなことはないんだけど。習字が上手で、品のある、すてきなお嬢さんだったんだ」

「お嬢さん?」

「中学生のころの美穂さんだよ。そのころは、まともに話しかけたこともなかった」

「ふうん。お母さんに?」

「まだお母さんじゃないんだけどな。俺は、離れた席に座ってる美穂さんの後ろ姿をちらっと見たりしていた。あんまり見すぎると挙動不審になるから、一回の授業時間につき一度まで、なんてルールを自分で決めたものだった。女の子たちのあいだで文通がはやっていたものだか

ら、俺も思い切って手紙を書いて渡そうかと考えたこともあった。クラスではろくに口もきかないのに、じつはひそかに文通している。そんな関係にあこがれたんだ。でも、いざ渡そうとしても冷たくあしらわれるんじゃないか、受け取ってもらえても笑い話の種にされるだけじゃないかと怖じ気づくばかりで、実行はできなかった。高校は別々で、さすがに自分には縁がないと思って、卒業して働きだしたころには忘れ去ったつもりだった。だけど、働きすぎて、酒飲みすぎて、調子を崩して入院したとき、その病院にいたんだよ」

「美穂さんが？」

「そう。美穂さんが看護婦さんとして勤めていた。中学以来、十年ぶりだったなあ。向こうはかつて同じ学校に岡島ってやつがいたことさえ、ぴんときてない様子だったけど。入院中はすっかりお世話になってね、だんだん気さくに話もできるようになって。退院のとき、ついに手紙を渡したんだ。下手くそな字でね。『中学のときに好きでした。こうして再会できたから、入院したことも前向きに受け止めることができました』なんてことを書いて」

「へえ……」

父が母にそんな手紙を書いただなんて、しょっちゅう言い争っている二人を見ている僕には、なんだか想像しがたいことでした。

「それで、返事が来たのよね」

「うん。だけどなんで、そこをチヨさんが言うんだい。いいところなのに」

「あら、つい……」とチヨさんが苦笑します。「でも詳しくは知らないのよ。返事には、なんて書いてあったんです？」

「そこまでは言わないよ」

「忘れてしまった？」

「いやいや。ええとね……」と記憶を手繰り寄せるように父は視線をうえに向けてから、「『うれしい手紙をありがとう。退院してしまって、どこか寂しい気もしていました』とかなんとか、書いてあった気がする。まあ、そういうことがあっておつき合いが始まって、美穂さんが奥さんになって、お母さんになったわけだ」

「お母さんになるまえに、新婚旅行はどこでしたっけ」とチヨさんが話を巻き戻します。

「宮崎ですよ。南国の風情がありました。街路樹がヤシの木で……」と言ってから父は僕のほうを向くと、「なあ、謙吾。ソテツの木がたくさん生えてる林にも行ったぞ。あれは県内の南のほうの海辺だったか」

「花は？　ソテツの花」

「見てないよ、残念ながら」

父はウイスキーのグラスに口をつけると、言葉を継ぎました。

「ただ、あれは宿のおかみさんに聞いたんだったかなあ、ソテツにはオスの木とメスの木があってね。雄花はトウモロコシみたいな細長い形に咲く。雌花はシロツメクサをうんと大きくしたような丸っこい形に咲くらしい」

フリオとマレナが香りを嗅いだ花は、どっちだったのか。雌花だったのかな。そんなことを思いつつ、僕は大事にちびりとオレンジジュースを飲みました。若いころの父は、どんなふうだったんだろう。

「ねえ、なんの仕事をしていたの？」と僕は尋ねてみました。

「いつのことだい？」

「ええっと、入院するまえ」

「家を直す仕事、かな。正確には、家を直しませんか、と人に勧めて歩く仕事だったよ。壁を塗り直したりとか、屋根瓦を葺き替えたりとか」

「じゃあ、うちは？　なんで直さないの？　ボロ屋なのに」

そう聞いたチヨさんが遠慮なくくすりと笑いました。

「うちはいいんだよ。雨漏りでもしないかぎりは」

父はやり過ごすようにそう言ってから、手にしたグラスを揺すって氷のぶつかる音を立てると、

「本当は、建築士になりたかったんだ。どんな家を建てるか考える人。その勉強をしながら仕事をしてたんだけど、あのころの俺にとっては、無理に無理を重ねる日々だった」

父がグラスを傾けて、ウイスキーをゆっくりと口に流し込んでいきます。

「いまは、なんの仕事？」と僕は訊きました。

「道を造る仕事だよ。山の向こうへ、ずうっと続いていく道だ」

「辞めたんじゃなかったっけ」

「違うよ」とすかさず強く、父が打ち消します。「腰を痛めて行けない時期もあったけど、辞めてはいない」

父の言っていることにごまかしはないだろうかと思って、僕はチヨさんの表情をうかがってみました。けれども、聞いていなかったのか、何か別のものに気を取られたように視線を手元に落としていました。

「働いてるときよりも、働いてないときのほうがつらいよ」と父がつぶやきます。

「去年、お父さん三ヶ月ぐらい、いなくなったことがあったよね」と僕は言いました。「お母さんは家出だって言ってた」

「あのときは住み込みで牛の世話をする仕事があったんだ。母さんには伝えそびれたかもしれないが……。それに、去年じゃなくておととしの話だろう」

「そうだっけ」

言われてみればそうだったような気もします。父はウイスキーのグラスに軽く口をつけてから、

「謙吾は、大きくなったら何になりたいんだ？」と落ち着いた口調で問いかけました。

「わかんない」

僕はぶっきらぼうにそう言いました。

「父さんはなあ」と言って父は手にしていたグラスをテーブルに置くと、「こどものころ、恐竜になりたいと思ってた」

「えーっ、そうなの？」

驚いて僕は父のほうに目を向けました。父は微笑みを浮かべて、うなずきました。

「大きな夢ですねえ」とチヨさんは感心した様子です。

「恐竜って、どんな恐竜？」と僕は尋ねてみました。「アロサウルス？」

「まあ、いいじゃないか」と父は照れ隠しのように笑顔を見せるばかりでした。

帰り道、父の体が少し左右にふらついているようだと感じながら、僕はあとについて歩いていきました。

「車、来たぞ」

post card

恐れ入りますが、切手をお貼りください

810-0041

福岡市中央区大名2-8-18
天神パークビル501

書肆侃侃房 行

フリガナ
お名前　　男・女　年齢　　歳

ご住所　〒

TEL(　　　)　　ご職業

e-mail：

※新刊・イベント情報などお届けすることがあります。　不要な場合は、チェックをお願いします→□
著者や翻訳者に連絡先をお伝えすることがあります。　不可の場合は、チェックをお願いします→□

□**注文申込書**　このはがきでご注文いただいた方は、**送料をサービス**させていただきます。
※本の代金のお支払いは、本の到着後１週間以内にお願いします。

本のタイトル	冊
本のタイトル	冊
本のタイトル	冊

愛読者カード

□本書のタイトル

□購入された書店

□本書をお知りになったきっかけ

□ご感想や著者へのメッセージなどご自由にお書きください

※お客様の声をHPや広告などに匿名で掲載させていただくことがありますので、ご了承ください。

◀こちらから感想を送ることが可能です。

書肆侃侃房　http://www.kankanbou.com　info@kankanbou.com

と言って父が立ち止まります。僕も足を止めると、迫ってくるまぶしい光の輪に包まれました。かたわらを走り抜けていく軽トラックの後ろ姿を見送っていたところ、トポッ、と背後で水の跳ねるような音がしました。振り向くと、父が体勢を崩してかがみ込んでいます。

「気をつけろ。ドブの板が外れてる」

父がドブから足を抜いて立ち上がるのに、僕は手を貸してやりました。そこからさきは、僕が気をつけながらまえを歩いて、ときどき振り返っては父が追いつくのを待たなければなりませんでした。

＊

黒ずんだ木の外壁の平屋建てにかぶさったトタン屋根が、夜の闇のなかで赤い色味をほとんど失ったようにくすんで見えています。壁際には、プロパンガスの大きなボンベが二本。玄関の引き戸のすりガラスから、だいだい色の明かりが漏れています。僕らは我が家にたどり着きました。弟はもう寝ているかもしれないけれど、母はまだ起きているのだろう、靴とズボンを汚した父はきっと叱られるはずだ、と思いながら僕は引き戸をあけました。父だけでなく、僕も不注意だとかなんとかで一緒に叱られたのは不本意なことでした。

ある日の真昼どき、エミリオは見知らぬ光景のなかに迷い込んでいることに気がつきました。周囲のソテツの木々に、丸っこい形や細長い形の白い花が無数に咲いています。上空からまっすぐに差し込んでくる日差しを受けて、花々はひときわまぶしく輝いて見えます。

大きな玉のような姿に咲いた花のまえに、エミリオは鼻先を突き出してみました。こんなふうにして、花のにおいを嗅いでいたやつがいたっけ。ぼんやりと、ヒメナの話に出てきた恐竜のことを思い出そうとしていると、

「ねえ、そこで何してるの?」

と背後から呼びかける声が聞こえてきました。振り返って答えようとしたとき、視界から白い花が消えるとともに、エミリオのまぶたがひらきました。

エミリオは首をもたげて、せわしなく周囲を見まわしました。灰褐色のイチョウの幹が林立し、そのはざまから、葉っぱを食べているおとなたちの姿が見え隠れしています。

僕に話しかけてきたのは誰だったろう。いましがた聞いたばかりなのに、どんな声だったか、はっきりと記憶をよみがえらせることができません。ガビノ、かな? 確証はなかったものの、「ねえ、そこで何してるの?」とガビノの声で脳裏に再生してみました。あのまま目覚めなければ、振り向いたときにガビノがそこに立っていたのかもしれない。夢のなかとはいえ、ガビノとともに花の香りを嗅いでみるのもよかった。そう思うと、惜しいことをしたような気がし

ました。

腹ばいの姿勢から四本の脚を起こすと、エミリオは伸びをするように体を少し反り返らせました。そのとき、目のまえを蝶がよぎっていくのが目に留まりました。上がったり下がったり、右へ左へと不安定に揺らぎながら、遠ざかっていきます。黒地に紫色の模様のついたその蝶に引き寄せられるようにして、エミリオは歩きだしました。

きっと、あの白い花の咲いていたところへ行くんだ。もしもガビノがさきに来ていて、鼻先を白い花に近づけていたら、僕のほうから声をかけてやろう。寝ぼけ半分にそんなことを思いつつ、エミリオは懸命にあとを追っていきました。

木立の少しまばらな一角に出ました。ひらけた視界の奥には、一頭のブラキオサウルスの後ろ姿があります。そちらに気をとられたために、蝶の行方は見失ってしまいました。

その後ろ姿は、ブルーノのようでした。彼は首を高くもたげて、イチョウの木のてっぺん付近に止まっていた始祖鳥に顔を近寄せ、何か話でもしているように見えます。あたりにはイチョウに交じってソテツも生えていましたが、残念ながら白い花は一つも見ることができません。

始祖鳥がこちらに目を向けたかと思うと、あわてたように飛び立っていきます。続いて、ブルーノが振り向きました。

「始祖鳥と、何を話してたの?」

とエミリオは尋ねながら、ブルーノのほうに寄っていきました。

「なんだ、見てたのか」とばつが悪そうにブルーノがつぶやきます。「どうやったら空を飛べるのか、聞いてたんだよ」

「えっ」とエミリオはブルーノのほうに首を伸ばして、「そんなこと、教えてくれるの？　羽の生やしかた？」

「まさか、冗談だよ」とブルーノがたじろぎつつ苦笑しました。

「あ、そうか」と言ってから、エミリオは気を取り直して、「ねえ、このへんに、ソテツの白い花が一面に咲いてるところがあるかと思ったんだけど、見かけなかった？」

「なんの話だい？　ソテツの花ってのは、滅多に見かけるもんじゃないんだぞ。それが一面に咲いてるだなんて」

言われてみればソテツの花なんて、幼いころに見たことがあるのをぼんやりと思い起こせるくらいのものでした。

「じゃあ、アロのこどもも、見かけなかったよね」とエミリオは問いを重ねます。

「なんだか、おかしなことばかり……」とブルーノがあきれたように言いました。「さっきおまえが寝入ってるそばを通り過ぎたけど、さては夢でも見ていたな？　それで、まだ半分夢のなかにいるんだろう」

「ええ……と」とエミリオはうろたえながら、「それなら、ついさっきブルーノが始祖鳥と話してるように見えたのはどっち？　あれも、夢のなかだったの？」

「いやいや、それは夢じゃない。俺は確かに話していたよ。でも、羽の生やしかたなんかじゃない。ブラキオサウルスの別の群れのことを聞いてたんだ」

「別の群れ？」

「ああ。あっちの山の向こうに、俺たちよりも大所帯の群れがいるっていうんだ。それで、始祖鳥の友達を介して、あっちの群れにいるやつと、やりとりをしてるんだ」

「へえ」

とエミリオは感嘆の声をあげ、ブルーノの視線のさきにある山々のほうに目を向けながら、

「やりとりって、どんな……」

「俺にはその……、ちょっとした望みがあってね」

「望み？」

「うん。この群れにはほら、俺と同年配の仲間がいないだろう。ところが、あっちの群れには同じ年頃のがいるようなんだ。それで、始祖鳥の助けを借りて、ほそぼそと交流してるってわけだ。いつか会いに行きたいっていうのが、俺のひそかな願いだよ」

そう話しながらブルーノは、どこか恥ずかしそうに目を伏せて、地面のあっちを見たりこっ

ちを見たりしていました。それで、もしかすると山の向こうに好きな相手がいるのかな、とエミリオは察したのでした。

「さて、群れのところに戻ろう」

ブルーノがそう言って、さきに立って歩きだしました。エミリオもあとに続きます。

「ブルーノ」とエミリオが話しかけました。「僕、いつか旅に出るってことに賛成だよ。ブルーノにも仲間がいたほうがいいって思うから」

ブルーノはこちらを振り返ることなく、

「ありがと」と言って、しっぽのさきを持ち上げてひょいひょいと左右に振ってみせました。

エミリオがブルーノとともに戻ってきたとき、群れはちょうど移動を始めようとしていたところでした。移動先でまた葉っぱを食べ、休み、歩きまわり、とブラキオサウルスたちがいつものように過ごしているうちに、日が暮れていきました。

あたりが暗くなってしまうと、もはや眠りに就くよりほかはありません。分厚い雲の隙間から、月がかすかにのぞいています。エミリオは上空にぼんやりと目を向けて、すぐには寝つけそうにないのを感じながら、となりにいた父さんのほうに首を伸ばして、

「ねえ、もう寝てる？」と尋ねてみました。

「いや、まだだ」と父さんも首を少しもたげてそう言うと、「どうしたんだい、エミリオ」

エミリオと父さんはすっかり首を起こして話をする体勢になりました。エミリオが言います。

「僕ね、きょう、きれいな蝶を見つけたんだよ。それで、追いかけていったんだ」

「ほう。遠くまで行ったのかい？」

「行かなかったよ。途中で見失ってしまったんだ。その……、始祖鳥に気をとられて」

本当は、始祖鳥と会話をしていたブルーノに気をとられたのでしたが、秘密に触れるのを懸念して、言わずにおきました。

「始祖鳥と、何かしゃべったのかい？」と父さんに訊かれて、

「始祖鳥と、僕が？」とエミリオは問い返しました。

「ほら、こないだはアロのこどもとしゃべったんだろう？」

「そうだった。でも、始祖鳥とはしゃべらなかったよ」

「そうかい」と父さんは言って、「思い出すなあ」

「父さんは、始祖鳥と友達だったの？」

「なに、俺じゃない。ルシアだよ」

「ルシアおばさん。ピノたちの、母さん？」

「そうだよ。あいつも幼いころは俺たちと一緒に無邪気に遊び転げていたのに、年頃になったらすっかりおとなしくなってね。それでいて、こっそり始祖鳥と何かしゃべっていたりして、

おかしなもんだなあと思っていたよ。しばらくそんな時期が続いたすえに、とうとうやってきたんだ」

「やってきた？」

「始祖鳥を頭のてっぺんに載せた若いオスのブラキオサウルスが、遠くの群れからはるばるルシアに会いにやってきた」

「マルコおじさん？」

「そうだ、マルコがやってきたんだ。途中で深い沼にはまったとかで、首の途中まで泥だらけでね。始祖鳥は、二頭の共通の友達で、しまいには道案内まで務めてくれたってわけだ」

「そうだったのか」

ブルーノもそんな話を知っているのかどうだか、どちらにしても、父親と同じようなことをしようとしているのかと思うと、エミリオはなんだか愉快な気分になりました。

父さんとエミリオは、ふたたび首を巻いて眠る姿勢をとりました。やがて父さんの寝息が聞こえはじめます。そのかたわらで、エミリオは夜空を見上げて、昼間の出来事を思い返していました。

あの始祖鳥はブルーノにどんな言葉を届けて、ブルーノのほうからはどんな言葉を託したんだろう。山の向こうに、ブルーノの言葉を待っているブラキオサウルスがいる。ひょっとすると言葉だけでなく、ブルーノそのものが山を越えてくることを、待ちわびていないともかぎらない。そんなことを思って、エミリオはため息を一つ吐きました。

ブルーノは、いつかきっと旅立つだろう。そして僕もいつか、そう遠くないうちに。誰にも話すことはできないけれど。

エミリオはそっとまぶたを閉じました。まぶたの裏には、赤茶の肉食恐竜のこどもが現れて、黒く潤んだ瞳をこちらに向けています。待っていてほしい、ガビノ、初めての獲物の到着を。そう願いながら、エミリオは眠りに沈んでいきました。

*

僕は弟と一緒に、家からいくらか歩いたところにある川へ遊びに行きました。よく釣り竿や網、バケツなんかを持ってザリガニを捕りに出かけたものですが、その日は手ぶらでした。

河原に降り立つと、僕は弟の手を引いて、石の積み重なった地面を踏んでいきました。流れのかたわらにしゃがみ込むと、ひんやりと湿った空気が水面から立ち昇ってきます。川底に目をこらせば、移ろっていく水の模様や日差しの反射にさえぎられつつ、色合いも形もさまざまな石の姿が見えました。流れに揉まれて角の取れたものが多く目に留まります。

「これは？」

弟がつまみ上げたのは、すべすべして丸っこく、小さな白っぽい石でした。

「そういうのじゃない。それはエミリオが飲み込むやつだ」

「エミリオ？」

「ブラキオサウルスは、お腹のなかで葉っぱをこねまわすために、小さい石をごくんとやるんだ。お父さんが言ってただろう」

「ふうん」と弟は不服そうに声を漏らすと、「じゃあ、これはエミリオにあげる」

そう言って川のなかほどに小石を投げ込みました。僕はその様子を眺めつつ、エミリオたちが訪れるのは、きっとここよりも大きな川だろう、と感じていました。でも、この川だって下流まで行けばずっと幅が広くなっているかもしれないし、いまの小石も転がりつづけてやがては大きな川に流れ着くだろう、と思い直したのでした。

「そしたら、これは？」

弟が今度取り出したのは、少し黄みがかった平らな石でした。

「うーん、それにしようか」

僕らは水際を離れて、道具に使うための石を探しました。こぶし大の石や、もっと大きな石です。

平らな石の細い側面がしたを向くように持って立ち、大きな石のうえに落とします。うまくいかずに代わりばんこにやっているうち、弟が落としたときに割れました。平らな石がさらに平らになったのです。

「すごい。さすが原始人」

と僕は弟を褒めてやりました。何しろ僕らは原始人ごっこの最中でした。

「お兄ちゃんも、がんばれよ」

「わかった。ここからは俺がやる」

平たい石の片割れを手にして、もう一方の手に持ったこぶし大の硬い石をこするようにぶつけていきます。なかなか思うようには削れませんでしたが、当たりどころがよいと、小さいかけらが剝がれ落ちました。原始人になったつもりで懸命に取り組んでいるうちに、片方の側面がとくに薄くなり、ナイフのできそこないのようなものが手元に残りました。

「それ、どうするの?」と弟が尋ねます。

「どうしようか」

こんな危ないものを持ち歩いても、ろくなことにはならない気がしました。

「穴を掘って、山に埋めよう」と僕は言いました。「石器っていうのは土のなかにあるものなんだ」

「じゃあ、そうしよう」と弟が賛同します。

河原から引き揚げ、家まで戻ると、庭にあった小さなシャベルを僕が拾い上げました。シャベルの柄は筒型の金属製で、朱色の塗装がしてあります。僕は弟とともに、裏手の森のなかへ入っていきました。夏のあいだにはカブトムシを探して歩きまわったものです。でも、なじみのある場所では原始人の住み処らしさが感じられません。それまで行ったことのないずっと奥まで、木々のはざまの斜面を登っていきました。

「お兄ちゃん、あんまり行くとクマが出るよ」

心細げに弟が言いました。僕が立ち止まって振り返ると、弟は上目にこちらを見つめて、

「このへんでいいんじゃない？」

弟の警告に恐れをなしたわけではなかったのですが、行きすぎて方角を見失い、帰れなくなっても困ります。

「そうか。それならここにしよう」

僕はその場にしゃがみ込むと、湿っぽい腐葉土をシャベルで掻き分け、そのしたの少し手応えのある層を掘り返しはじめました。

「僕がやる。ねえ、貸して」

弟にねだられて、いくらか渋ってみせてから、シャベルを貸してやりました。一度渡してし

まうと、べつにたいして土を掘りたいわけではなかったと気がついて、弟の作業を見守ることに徹しました。

「そのくらいで」と僕がストップをかけました。

「えーっ。もっと掘る」

「駄目だよ。あんまり掘ったら、あとから誰も見つけられなくなる」

「見つからないように埋めるんじゃないの？」

「見つかるように埋めるんだよ。もったいないだろう」

「ああ、そうか」と弟はいったん納得しかけて、「でも、誰が見つけるの？」

さて、こんなところまでいったい誰が来るのだろう。簡単に発見されてはつまらないけれど、いつの日か掘り出してもらいたい。ここに現れるのは何者なのか。僕は少し考えてから、

「本物の原始人」と答えました。

「えっ、怖い」

弟がシャベルを取り落とし、立ち上がって周囲を不安げに見まわしました。

「怖くはないけどね」とたしなめるように僕は言いました。

本物の原始人に見つけてほしい。確かに僕はそう思ったのです。本物の原始人なら、掘り出した石器を実際に使ってくれるかもしれません。

「マンモスの肉、食べるかな」と弟が言いました。

「食べるだろう」

「石器でマンモスの肉を切って、焼いて食べたりするんだろうな」

と弟はつぶやき気味に言ってから、ふと、こらえきれなくなったように顔を上げ、声に力を込めて、

「僕も食べたい」

弟こそ、本物の原始人かもしれないぞ。そんなことを僕は感じつつ、

「今度から、おまえのお小遣いは大きな石のお金だ」と言ってやりました。

「やだよ、そんなの」と急にさめたように弟が応じます。

「そうか」と僕は言い、気を取り直して、「さあ、埋めるぞ」と声をかけました。

「いいよ」

弟の返事を受けて、僕はズボンのポケットから石器を取り出すと、穴のまんなかにそっと置きました。原始人への贈り物だ。そう思いながらシャベルを手に取ると、土をかぶせていきます。あとで掘り返しやすいように、表面はなるべく固めないでおきました。

*

しばらく雨がちの日々が続いたのち、久しぶりに晴れ上がって暑くなった日の午後、ブラキオサウルスたちは水飲みがてら、川のほとりに涼みにやってきていました。エミリオは岸辺から川のまんなかあたりまでのあいだをゆらゆらと行ったり戻ったりしています。脳裏には、小さなガビノが獲物の肉を果敢に引きちぎっている光景が思い浮かんでいました。そこに倒れ伏しているのはエミリオ自身です。僕を食らうがいい。そして生き延びるんだ、ガビノ。覚悟はできているつもりではありながら、死闘のすえに倒れたあのステゴサウルスのように、血しぶきを上げて肉を引き裂かれる苦痛を味わうのだと思うと、怖じ気づくようでもありました。

水中に頭を突っ込んで、川底にあった丸っこくて白っぽい小石を口先でくわえると、エミリオは首をもたげて水と一緒に飲み込みました。そのうち僕が肉食恐竜になったら、もう石ころなんて飲まなくてよくなるんだ。お腹に歯がなくたって、口には鋭い歯が並んでる。そんなことを思いつつ、エミリオは川のなかをうろつきつづけます。そしてまた、ガビノのことで頭のなかがいっぱいになっていきました。ガビノは僕のこと、獲物だって認めてくれるだろうか。すぐに食べられてしまわなくたってかまわない。森の木陰でガビノとぴったり身を寄せ合って、一緒に昼寝ができたらどんなにいいだろう。そんな昼下がりの光景が脳裏に浮かんで、エミリオはほのかな幸福感を覚えていました。

ウォロロロロロ。

吠え声が聞こえます。エミリオは岸辺の近くでとっさに首をもたげて、あたりを見まわしました。

「どうしたの？」

ピノが不思議そうに声をかけ、浅瀬を踏んでエミリオのそばへ寄ってきました。エミリオはピノを見つめて、

「いま、聞こえなかった？」

「何が？」

「いや、何も……」

エミリオが聞いたのは、腹をすかせたアロサウルスの吠え声でしたが、むやみにそんなことを言ってピノをおびえさせたくありません。空想で満たされたエミリオの頭の外側から、その声は確かに聞こえたような気がしたのでした。周囲に視線を走らせると、おとなたちは悠然と水浴びをしたり水を吸ったり小石を飲んだりしています。

「どうも気のせいだったみたい」

「変なの」とピノは不審げに応じると、ふとエミリオの体に視線を走らせ、「エミリオ、このごろちょっと太ったよね」

「えっ」とエミリオは首をよじって自分の胴体に目を向けました。

「ほんのちょっとだけどね」とピノが言い足します。

ようやく、獲物らしい体つきになってきたのかな。そう思うと、エミリオは期待と不安の入り交じったそわそわした気分になりました。

ウォロロロロロロ。ウォロロロロロロ。

エミリオは表情を引き締め、首を素早く左右に振ってあたりに目を配りました。何事もないようです。エミリオはうつむいて、小さくため息を吐きました。

夕方になると、ただでさえ長いブラキオサウルスたちの首が、西日を浴びてさらに長い影を大地に落とします。

ウォロロ。ウォロロ。ウォロロロ。

しばらく途絶えていた声が、また聞こえてきました。かすかな、寂しげな声です。おとなたちは野原に憩い、こどもたちは遊びまわり、誰も声に気づいた様子はありません。エミリオはただ一頭、そっと群れを離れて声のするほうへと引き寄せられていきました。

ウォロロロロロロ。

不意に、眼前に立ちはだかるものの存在に気づいて足を止めると、縦縞の寄った赤茶の樹皮がありました。見上げれば、小さく細長い葉を無数に茂らせたセコイアの巨木が夕空に突き立っています。吠え声はこの木よりもずっと向こうのほうから聞こえていたのですが、通せんぼを食らった恰好になって、エミリオはホーッと小さく息を吐きました。静かに近寄ってくる足音を感じて振り向くと、ヒメナの姿がありました。

「エミリオ」とヒメナが様子をうかがうように小声で呼びかけました。「最近、調子はどう？」

「僕、元気ないように見えるかい？」とエミリオが問い返します。

ヒメナが視線を落とし、うなずきました。

「僕はね、見かけはどうあれ、中身はぴんぴんしてるつもりだよ」とエミリオは張りきった口調で言ってみせてから、ふと語勢を落として、「ヒメナは、どうしたの？」

ヒメナはちらりと上目にエミリオを見ると、うつむいて、

「わたし、あんまり元気じゃない。最近よく両親のことを考えるんだ。かつて、母さんは歩くこともままならなくなってしまって……」

「確か、森のなかで足の裏に、とがった木のかけらが刺さったのがもとで」

「ええ。足が一本、駄目になってしまってね。残り三本あったけど、痛みのせいでほとんど動けなくなってしまった。父さんが葉っぱの茂ったイチョウの枝をせっせと折って運んできていたけど、食欲もなくなって体力は弱る一方だった」

そのころ、体の自由の利かなくなったルシアおばさんに代わって、マルコおじさんや、ブル

ーノ、ヒメナが砂に包まれた卵の番をしていて、エミリオも少しだけその役を務めさせてもらったことがありました。そんなことをぼんやりと思い出していると、ヒメナが話を続けます。

「アロサウルスたちが森に押し寄せてきたとき、母さんは逃げることができなかった。わたしたちこどもが逃げ出したあと、森のなかからアロサウルスたちの猛り狂った吠え声が聞こえてきた。母さんの短く息をのむような悲鳴を、お兄ちゃんは聞かなかったっていうけど、わたしは確かに聞いたつもり。しばらくして、父さんが森から出てきた。首筋やしっぽに切り傷をいくつもつけて……。その日は父さん、ずっと無言だった。明くる日になって、森のなかでのことを話してくれた。アロたちが迫りつつあるなか、そばにとどまろうとする父さんに向かって、母さんが言ったんだ。『わたしは絶対に助からない。だけどわたしたちが二頭ともやられてしまったら、誰がこどもを、卵を守っていくんですか』って。それでも父さん、アロたちに立ち向かったけど、防ぎきれずに、母さんが喉笛を咬み切られてしまった。それで、母さんの言葉を胸に、父さんは森を出たんだ」

「そうだったの」

とエミリオは控えめに相槌を打ちました。ルシアおばさんが食われたときのことは、幼かったせいか、あるいは恐ろしすぎて記憶から消し飛んでしまったのか、よく覚えていませんでした。ヒメナがさらに話します。

「ほどなくして、卵からはピノが生まれた。父さんは、ピノやわたしたちを守っていくはずだった。それなのに……。母さんを失ってから、父さんはずっと元気をなくしていたみたいだったけど、ある日、ちょうどさっきのエミリオみたいなことを言ってね。『こう見えて、体の内側には力がみなぎってきてるんだ』って。それからこうも言った。『遠くにアロたちの姿が見えると、憎いというより懐かしい気持ちになる。どんな姿になったって、ルシアはルシアなんだから』って。その翌日だったよ、父さんがアロたちの姿を見かけて一目散に駆けていったのは。そして、食べられてしまった」

「僕も、マルコおじさんの悲鳴なら覚えてる。短くて太い悲鳴だった」

「そうなの?」

「あれ、違ったかな」

「わたし、あのとき何がなんだかわからなくて。いまでもわからないよ。どうして父さん、わたしたちを置いて……。いや、少しわかるけど、わかりたくないというか」

「わかりたくないっていうのは、つまり、許せないってこと?」

「ええ。許してはいないかもしれない。ピノなんて、まだほんとに幼かったんだよ。父さんは、母さんの遺言を破ったんだ」

　エミリオは小さくうなずきました。

「ただ」とヒメナが続けます。「父さんは、母さんのことが大好きだった。だからって……」

「マルコおじさんは、アロサウルスの体のなかで、ルシアおばさんと溶け合って一つになった。アロサウルスになって、生きつづけている」

エミリオは自身に向けて確かめるように、そうつぶやきました。

「そんなの、わからないし、許せない」とヒメナがたまりかねたように言いました。「好きだったら、何をしてもいいの？　残虐なアロサウルスになろうが何しようが勝手だっていうの？　そんなのっておかしいよ。いくら好きでも、我慢しなくちゃならないことがあるはず。なんでもしていいんだったら、わたしだって……」

ヒメナはうなだれ、首をそっと左右に振りました。全身の輪郭が夕日を受けてやわらかな黄金色に包まれているのを、エミリオはまぶしく感じながら眺めていました。黒地の羽に紫色の模様の入った蝶がぎこちなく揺らぎながら飛んできて、ヒメナの背中のてっぺんに止まりました。黄金色の輪郭に蝶の大きさの切れ目が入り、草色の全身が不意に生々しい陰影を帯びてエミリオの瞳に食い込んできます。エミリオが思わずまばたきすると、蝶が飛び立ち、草色の体はふたたびやわらかな光にくるみ直されました。

「なんにもできないよ、わたしには」

そう言ってヒメナはゆっくりとした動作でエミリオに背を向け、しっぽを小さく振ると、歩きだそうとしました。

「ヒメナ、待って」

エミリオが呼びかけると、ヒメナが振り返りました。

「僕、聞いておきたいことがあったんだ」

ヒメナが小首をかしげつつ、エミリオにまなざしをそそいでいます。エミリオが言葉を継ぎました。

「このまえ話してくれた、アロのフリオとステゴのマレナのこと。確かフリオがステゴの群れをどんどん襲っていって、最後にマレナだけが残った。フリオは空腹のあまり、大切なマレナに咬みつきたくなって、ためらった。最後まで聞けなかったけど、けっきょくそのあと、どっちが倒れて、どっちが生き残ったんだろう」

「ああ、そのこと」とヒメナが穏やかに言いました。「母さんから聞いた話だとね、翌朝生き延びていたのはフリオのほうだったって。マレナは肉食ステゴサウルスに食べられてしまったんだ。咬みつかれたとき、マレナは満ち足りた表情をしていたって、母さんは言っていた。どうしてそうなのか、わたしには腑に落ちなかった。少なくとも、当時のわたしには。不満げな様子を察したのか、母さんは言った。『あなたが望むなら、結末は逆にしたっていいんだよ。フリオが空腹でへばってしまって、マレナが生き延びたんだとしても。どうなったかは、自分の胸のうちで好きなように決めなさい』って。確かに、どっちの可能性だってありえたんだ。ねえ、わたし、エミリオに訊いてみたい。もしもエミリオがフリオだったとして、わたしがマレナだったら、エミリオはどうする？」

「僕？　僕は……」

とエミリオは答えに窮して口ごもりました。背中に骨板を貼りつけた、肉食ステゴサウルス。その口元にのぞく、濡れた光沢を帯びて並んだ鋭く青白い歯が、エミリオの心に浮かんでいました。フリオの気持ちより、むしろ満ち足りた表情をして咬みつかれたマレナの気持ちがわかる。そんな気がしたのですが、言葉になって口をついて出ることはありませんでした。

「フリオには、マレナに咬みついてほしい」とヒメナが張り詰めた声で言いました。「いますぐに」

その強い口調に驚いて、エミリオがヒメナの顔を見すえます。ヒメナはいまにも泣き出しそうに目を濡らして、こちらにじっとまなざしを向けています。エミリオは怖じ気づいたように小さく首を振ると、

「だけど僕は肉食恐竜じゃない。ブラキオサウルスのエミリオだから……、できないよ」

そんな答えはヒメナを幻滅させるだけだろう、との自覚はありました。それにも増してエミリオ自身、自分の臆病さに失望していました。

「ごめんね、変なこと言って」と詫びたのはヒメナのほうでした。「わたしはただ、エミリオに生き延びてほしいと思ってる。突然いなくなってしまうんじゃないかって、不安でしょうがなくなることがあるんだ」

エミリオは無言のまま、つばを飲み込みました。

「わたしたち、一緒にソテツの花のにおいを嗅いだことがあったね」とヒメナが言いました。

「幼いころで、覚えてないかもしれないけれど」

覚えてる、と答えることがエミリオにはできませんでした。幼いころに見た白い花のことは思い出すことができました。ただ、花の記憶があるだけで、そのときヒメナと一緒にいたかどうかは覚えていなかったのです。

「わたしにとっては、大事な思い出」

と言ってヒメナは目を伏せました。そして後ろへ向き直ると、緩慢な足取りで数歩、そこからふと早足になって引き揚げていきました。ヒメナの言葉に触発されて、玉のような白い花のまえに顔を寄せ合った幼い日の自分たちの姿が、脳裏におぼろに浮かんでくるのをエミリオは感じていました。この光景をあらためて記憶にとどめておこう。そう心に決めました。足早に遠ざかっていったヒメナのあとを追って、エミリオも群れのいるほうへと歩きだしました。

日がすっかり暮れてしまうと、闇が次第に濃くなっていきます。ブラキオサウルスたちは野原にうずくまり、静かに寝息を立てはじめていました。眠れずにいたエミリオは、月のよく照った夜空にぼんやりと目を向けていました。星も、赤紫のや青いのや白いのが無数にまたたいています。

いくら好きでも、我慢しなくちゃならないことがあるはず。そう言ってうなだれていたヒメナの陰影に富む草色の姿かたちを、エミリオは思い起こしていました。

咬みついてほしい、いますぐに。そんなふうに言ったとき、ヒメナはつかのま我慢を忘れかけていたのかもしれません。ヒメナの濡れた目を思い出すと、正視できないような情けない気分になりました。あの瞳を直視して、彼女の想いに応えられるときが、いつかきたらいいのだけれど。そんな願望が胸のうちに湧いてくるのをエミリオは感じていました。

ウォロロロロロロ。

吠え声が聞こえてきます。エミリオは首をもたげ、あたりを見まわしてみましたが、ほかのブラキオサウルスたちはみな眠り込んでいます。となりにいた父さんが、口をくちゃくちゃと動かす音を立てました。葉っぱを食んでいる夢でも見ているのでしょうか。反対側のとなりにいた母さんは、深く寝入っている様子です。

ウォロロロロロロ。

今度こそ、本当にアロサウルスかもしれないぞ。そんなことをぼんやりと思いつつ、エミリオは立ち上がり、招き寄せられるように、静かな足取りで歩きだしました。群れから少し離れたところで振り返ると、闇のなかにブラキオサウルスたちの背中の山が微動だにせず連なっているのが見えました。その山のなかから父さんが起き出してあとを追ってくる、という気配はありませんでした。さあ、行かなくっちゃ。エミリオはゆっくりとまえを向きました。

ウォロロ……。

声に導かれ、歩いているうちにあせりにも似た高揚感がエミリオの胸を満たしていきます。我慢なんて、できっこない。僕は新しい姿に、あのガビノになって、生き延びていくんだ。

エミリオは差し迫った喉の渇きを感じていました。いつか飲んだあの泉の水、ほのかに甘いあの水を……。ひんやりとした地面を踏んで、吠え声のしたほうへと歩きつづけます。闇のなかではあったものの、このあたりはかつて歩いたことがある、という感覚がおぼろにありました。いつしかエミリオの視界に、あの泉を奥に隠した森が、黒い影として見えてきました。

ウォロロ。ウォロロ。ウォロロ。

森のなかへと分け入り、下草を踏みながらエミリオは進んでいきました。鬱蒼とした木立を抜けると、泉がありました。水面が月光に照らされ、ほの青く輝いています。口先をつけると、そこから波紋が広がります。エミリオは夢中で水を吸いました。

ウォロロロロロロ。ウォロ……。

顔を上げて目をこらすと、泉の向こうに一対の潤んだ瞳が見えました。ガビノだ、とエミリオは直感しました。闇にまぎれて赤茶の皮膚の色はほとんど感じ取れませんでしたが、月明かりをかすかにまとった体の輪郭が見えてきて、その形と大きさから、きっとガビノに違いないと確信を強めました。

「エミリオ」というしわがれた声は、ガビノのものでした。「ずっと俺のことを呼んでいたかい?」

「僕が、呼んでいた?」

「クウォーン。クウォーン。クウォオオーン、って。ブラキオサウルスの吠え声が、昼間っからずっと聞こえてたんだ。だけどまわりのおとなたちは、そんな声は聞こえないって、取り合ってくれなかった。寂しそうな声に呼ばれてるような気がしたもんだから、こうして声のするところまでやってきた。そしたらやっぱり、エミリオがいた」

泉の向こうに輝く二粒の小さな瞳に、エミリオはじっとまなざしをそそいでいました。

「そっちに、行っていい?」

とエミリオが問いかけました。返事は聞こえてきません。エミリオは対岸の瞳のなかへと吸い込まれていくかのように、足でほの青い水面を踏み分け、しぶきを立ててガビノに近寄っていきました。

ガビノは身をひるがえして水辺を離れ、軽快な足取りで少し歩いてから振り向きました。さあ、こっちへ、と二粒の瞳がそう呼びかけるようにエミリオをまっすぐ見つめています。エミリオが岸に前足を上げると、ガビノがまた少し森の奥へと進んで、こちらを顧みます。エミリオはガビノのあとを追いました。ガァ、と始祖鳥の鳴き声がして、あたりの木の枝から飛び立ったらしき羽ばたきと葉ずれの音が聞こえました。

木立が途切れ、ちょっとした広場のようになっているところへ二頭は出ました。エミリオの足の裏に、硬くひんやりした感触がありました。後ずさって足元に目をこらすと、五角形をした平たいものが、暗がりのなかでうっすらと白い光を放っていました。見まわしたところ、下草の陰に骨のかけらがいくつも散らばり、月光を控えめに反射しているのでした。足先から胴体へと、かすかな震えが立ち昇ってくるのをエミリオは感じていました。視線を起こすと、真正面にガビノがいて、長い首のさきのエミリオの顔を見上げていました。

「こんな夜中に、どうして？」とガビノがやさしい口調で訊きました。

「覚悟してきたんだ」

とエミリオは言って、うなだれ加減になりながら、自分の覚悟のほどを胸のうちに問い返しました。ふたたび視線を起こしてガビノを見やると、

「僕に、咬みついてもいいんだよ」

ガビノは目を見ひらくと、

「エミリオ、こんな狩りってあるのかな」と困惑がちに言いました。「俺が獲物を追いかけるんじゃなくて、獲物のほうが俺を追いかけてくるなんて。もし、君を獲物と呼んでもいいならの話だけど」

「いいよ、ガビノ」

エミリオは怖じ気づく思いを打ち消すように、はっきりした口ぶりでそう答えました。

「こないだ俺、夢でエミリオを見たんだ」

「僕の、夢?」

「エミリオが、空を飛んでいた。大きな体にちょっぴり生やした羽をひくひくさかんに動かして、はるか高いところからこっちを見下ろしていた。『おーい、エミリオ』って呼んでみたけど、首としっぽの長い巨大な鳥から返事はなくて、ちょうど俺の上空あたりでぐるっとひとまわりしてみせてから、遠くの山のほうに向かって飛んでいった。その姿を見送っているうちに、目が覚めた。ねえ、いまでも鳥になって空を飛びたいって、思ってる?」

「その夢はもう、あきらめた」とエミリオはうつむいて、首を小さく振りました。

「じゃあ本当に君は、俺の獲物になろうとしているの?」

「本当だよ、ガビノ」とエミリオがガビノをじっと見すえます。

「俺、まえにも言ったことだけど、いままで自分で狩りをしたことがない」とガビノがふと視線をそらし、それから意を決したようにエミリオを上目に見やると、「初めての狩りがこんなふうになるなんて、夢のなかで君が空を飛んでいたことより不思議だよ」

「僕もこんなふうに狩られようとしているなんて、なんだか妙な感じがする」

「怖いかい？　エミリオ」とガビノが穏やかな声で言いました。「首が、震えてる」

「怖くないよ。ただ、緊張してるだけ」

ふと、心配そうにこちらを見つめるヒメナの姿が脳裏に浮かびます。ごめんなさい、とエミリオは心のうちで詫びました。別れも告げずに姿をくらましてしまったけれど、僕が肉食恐竜の姿になって、いつか再会することになるかもしれない。そのとき僕は、咬みつくことができるだろうか。だけどそのまえに、いまは僕が食われようとしているんだ。

エミリオは長い首をガビノの顔のまえにゆっくりと下ろしていきました。首の小刻みな震えにつれて、歯がぶつかり合ってカチカチと鳴るのをエミリオは自覚していました。小さくひらいたガビノの口の奥には闇がのぞき、その手前には青白くとがった歯が濡れ光っています。エミリオの顔が、ガビノの頭のそばを通り過ぎます。その様子を目で追っていたガビノの顔先に、エミリオの喉くびが差し出されました。

「さあ、咬みついて」

とエミリオが目を閉じて言いました。震えを抑えるように歯を食いしばろうとしましたが、カチカチ鳴る音は抑えきれずにいっそう強まっていきます。ホーッ、とガビノの湿った吐息が首筋に吹きかかります。エミリオは目をきつくつぶり直します。生温かくやわらかなものが喉くびに当たって、じっとりと濡れた感触を残しながら肌のうえをすべっていきます。その動きが二度、三度と繰り返されるにつれてくすぐったさが増し、エミリオは思わず目を見ひらきました。ガビノはエミリオと目を合わすと、

「ふやかしてるの」と言いました。

「じらさないで。お願い、早く」

エミリオは絞り出すようにそう言って、ふたたびまぶたを閉ざしました。

不意に、硬いものが喉くびに食い込んだ感覚がありました。ガビノ……と声にならない声を舌先に載せたまま、きつく嚙み合わせていた口元から力が抜けて、よだれがだらりとこぼれ出たようでした。自分がいま、満ち足りた表情をしているのかどうか、そんなことはもうわかりません。遠のいていこうとする意識のなかに、ふと、ガビノの叫び声が飛び込んできました。

助けて……。

それは確かにガビノのあげた声のようでした。どさっ、と鈍重な音がして、自分の体が地面に横倒しになったらしいとエミリオはおぼろに感じ取っていました。ガビノの声が、ずっと遠

くのほうから響いてくるみたいに小さく聞こえます。

痛い。歯が折れた。助けて、母さん……。

エミリオの意識はすっかり消える手前のところで跳ね返り、胸の鼓動に伴って喉くびのあたりに鈍い痛みが脈打つのを感じていました。助けて、母さん？　エミリオはいましがた聞き取った言葉を脳裏に呼び戻しました。僕はとてつもなく愚かな犠牲を払ってしまったのではないか。そんな思いが湧きました。取り返しのつかない犠牲を。

下草を踏み分けて近づいてくる足音があり、地面の震えがエミリオの胴体に伝わってきます。

「ガビノ」

と呼びかけるおとなの声が、くっきりと聞こえてきました。

「母さん」と呼び返したのはガビノの声でした。「でっかい恐竜が、俺を追いかけてきたんだよ」

「まあ」

「それで、咬みつけ、咬みつけって迫るもんだから、俺、言われたとおりにやってみたんだ。そしたら首が固くて、歯が折れた」

「あらあら、そんな……」とどうやらガビノの母さんらしい恐竜の声がして、足音が止まりました。「ここに倒れているのが」

「母さん、気をつけて。そのしっぽでぴしゃりとやられたら、きっと怪我する。ねえ、俺の口を見て。歯が折れてるでしょう？　血が出てる？」

「どれ、見せてごらんなさい。うえを向いて、月の光によく当たるように。そう、もっと口をあけて……。おや。歯は折れてなんかいないよ。大げさだねえ」

「血は出てない？　血の味がするんだ」

「それはあんたのじゃなくて、ここに倒れてる獲物の血でしょう？」

「うそだ。俺、固くてきちんと咬めなかったんだ」

「さあ、どうかしら」

エミリオの首のあたりに、恐竜の顔が近づいてくる気配がありました。

「まあ、喉笛に穴が」と言ってガビノの母さんは鼻を鳴らして息を吸い込むと、「ブラキオサウルスの新鮮な血のにおいだよ。ガビノ、大したもんじゃないか」

「だけど母さん、俺、あんまり、いや、ちっともうれしくない」

「どうして？　初めての獲物じゃないのかい？」

「だって俺、この子と、エミリオと、友達になりたかったんだ。一緒に遊びまわれたら……」

ガビノのすすり泣く音がエミリオに聞こえてきました。

「さあガビノ、泣き言はおよし。あんたは自分のやったことに決着をつけなくちゃいけないよ。

この子のお腹をよく見てごらん。ふくらんだり縮んだりしてる。まだ息をしてるんだよ。もう一度喉くびをしっかり咬みちぎって、とどめを刺しなさい。それから獲物の肉を、よく味わいながら食らいなさい」

「いやだ、いやだよ……。全部の歯が折れてしまった気分だ」

ガビノの目からこぼれる涙のしずくが、点々とエミリオの首筋を濡らします。

「ガビノの母さん……」と声が漏れました。

一瞬あたりを見まわすようにしたガビノの母さんが、身をかがめて、エミリオの顔をしげしげと見つめます。

「もしかして、わたしを呼んだかい？　あんた、エミリオっていうんだってねえ。わたしはね、ガブリエラだよ。この期に及んで自己紹介でもないだろうけど」

「ガブリエラさん……」

かすかな声とともに、咬み切られた喉笛から空気の漏れる甲高い音が聞こえます。

「僕、悔しくて……。ガビノって、もっと勇敢な若者だと……。意気地なしとわかってたら、獲物になんて……」

「エミリオ、あんたもわがままを言うんじゃないよ。そりゃあうちの子は、意気地なしの弱虫の泣き虫かもしれない。だけどその弱虫に狩られたお馬鹿さんはあんただよ？　狩られちまったんだから、おとなしく食われるよりしょうがないだろう」

「僕、ガビノに食べられて、たくましいアロの体になって……。いつか、ヒメナを……。そんなの、無邪気な、夢……」

「エミリオ」とガビノが呼びかけます。「傷が治ったら、かけっこして遊ぼう。怪獣ごっこでもいいよ。エミリオが怪獣の役をやればいい。俺が獲物になってやる。エミリオが俺をがぶっとやるんだ。きっと、楽しいだろうなあ」

「ガビノ」とガブリエラがとがめるように名を呼びます。

「ねえ母さん、助けてよ。エミリオを助けてあげて」

「いい加減にしなさい。現実から目をそむけるんじゃないよ。この傷口からは、空気と血が抜けていくばかり。絶対に助かりっこありません」

「でも……」

ガビノがまた、すすり泣きを始めます。ガブリエラの口から、かすかなため息がこぼれました。

「どうして……」とガビノが絞り出すように言いました。「どうして肉を食べなくちゃ、生きていけないんだろう」

「ガブリエラさん」とエミリオが小声で呼びました。「僕を、食べて……。そしたら、強くて立派なアロとして……。苦しい。お願い、息の根を……」

「ええ、わたしだってあんたをいただきますよ。だけどね、最後の一撃を食らわすのはこの子でなくちゃ。ここを乗り越えなかったら、このさき肉食恐竜として生きていけなくなってしまう。苦しいだろうけど、うちの弱虫にどうか力を貸してやっとくれ。いまは意気地なしでも、いつかあんたの望みどおり、たくましいアロサウルスになるかもしれないんだから」

そう言ってガブリエラは、エミリオの顔をのぞき込むようにしながら、

「あんたもまだ、ほんのこどもじゃないか。ここへ来るのが早すぎたんだ」

ガブリエラは首を起こして、ガビノのほうに顔を向けると、

「さあ、始末をつけてしまいなさい」

「エミリオ」

「うう……」というエミリオのうめき声よりも、喉笛から漏れる音のほうがずっと大きく響きます。

「ガビノ、あんたがもたもたしてるせいで、お友達がいつまでも苦しんでるんだよ。ほら、一気にやってしまうんだ」

「ごめんね、エミリオ」

ガビノが身をかがめたかと思うと、エミリオの口先をぺろりと舌でなめました。もう声は

出ず、ただ喉笛から空気の抜ける甲高い音がゆっくりとこぼれ出てきました。不意にガビノの青白い歯が、喉笛の穴の近くに食い込みます。甲高い音が途絶えました。ガビノの口のなかに、苦い血の味がいっぱいに広がっていきました。

＊

そこまで語ると、父は夜空を見上げて、しばらく無言のままでした。縁側で、となりに座って話を聞いていた僕は、父のほうを見て言いました。

「エミリオ、死んじゃったの？」

父はこちらへ向き直ると、月光から吸収したらしい小さな輝きを瞳に宿し、寂しげな微笑みを浮かべて、

「そうだよ。喉くびを、咬み切られてしまったんだから」

「でもさ、ガビノに食べられたんなら、エミリオはガビノになって、生き延びたんじゃない？」

父は目を見ひらいて僕を見つめ、うなずくと、

「確かに、そうなるのかもしれない」

「かもしれない？」

「続きは、また今度にしよう」

「えーっ」と僕は不満の声をあげました。

「いっぺんにたくさんは話せないよ。それに、ちょっと俺は、落ち込むための時間がほしいんだ。ロベルトのことを思うと、気の毒でしょうがない」

「ロベルト？　誰それ」

「エミリオの父さんだよ。そうか、いま初めて名前を言ったね。俺のなかではずっとロベルトだったんだが……。彼は、大切な息子を食われてしまったんだ」

そう言って父は小さく首を振りました。僕は恐竜のこどもたちのことばかり気にかけていましたが、父さんは父さん同士、気になるものなんだなあ、と妙に感心したものでした。ちなみに、人間側の父さんの名前は伸彦といいます。

「母さんの名前は？」と僕は訊いてみました。

「ミランダ」

と一言、父が答えます。ロベルトの分だけでなく、ミランダの分の悲しみにも思い至ったのか、父はそれきり、うなだれ加減に黙っていました。

空には月と無数の星が出ていて、背後のガラス戸からは、障子をあけている分だけ余計に明るく居間の光が漏れています。弟は縁側を離れ、小さなシャベルと古びたブリキのバケツを使って庭の一角にささやかな山と池をこしらえていました。水を流し込んだ池のうえに落ち葉を浮かべ、その小舟にドングリを乗せて行き来させています。その様子に僕が目をやっていると、かたわらで父がつぶやくように言いました。

「またいつの日か、母さんと一緒にソテツの林に行きたいなあ」

「ミランダのこと?」

「美穂さんだよ。いつか、歳をとったときにね。ソテツの花を見てみたい」

僕の脳裏に、玉のような形に咲いた白い花が現れました。その花の香りを嗅ごうと、ソテツの木のまえに並び立って鼻先を近づけている父と母の姿が思い浮かびます。

「さて、もう出かけなくちゃ」

そう言って父は、庭に降り立ちました。僕はかたわらの父を見上げて、

「仕事に行くの?」と尋ねました。

「そうだよ、謙吾」と父は言い、僕の頭をなでました。「遅くなるから、さきに寝てるんだぞ」

僕は無言でうなずきました。それから父は、しゃがみ込んで遊んでいた弟の背中に向かって、

「じゃあね、明夫」と呼びかけました。

弟は振り返るでもなく、夢中で落ち葉の舟を操っています。

「きょうの焼き鮭、うまかったろう」と父が続けます。「早く自分で骨を取れるようになるんだぞ」

夕食のときのことでした。骨があるからいやだ、と弟が駄々をこね、父が鮭の小骨を取ってやったのです。あっ、お父さんがいいことしてる。僕はそう思って、父の箸を持った手ともう片方の手のぎこちない動きにじっと目をやっていました。

「わかった」

振り向きはしませんでしたが、弟の返事がありました。父はまた僕のほうに顔を向け、穏やかに目を細めて軽く手を振りました。そして身をひるがえすと、ゴム草履をはいた足で急いだように歩き、家の角を曲がって視界から消えました。

「さあ、きょうはもう終わりだぞ」

と僕は弟に声をかけました。依然としてこちらに背を向けて遊んでいる弟を残して、ひと足さきにガラス戸をあけ、部屋に入りました。居間では、誰も見ていない十四インチのテレビがつけっぱなしになっていました。

台所で洗い物をしていた母に、僕は言いました。

「お父さん、出かけたよ」

母は蛇口をひねって水を止めると、振り向いて、

「また？」といら立ったように声をあげました。「縁側から出ていったの？　なんで止めなかったのよ」

「だって、仕事に行くっていうから」

「お酒に決まってるでしょう。駄目なのよ、飲ませちゃ。体によくないの。まったく、あんたはぼんやりして」

なぜ、僕が叱られる？　不服な思いで母を見すえて、

「でも、仕事だって言ってた」と繰り返します。

正確には父が自分からそう言ったのではなく、僕の質問に対して、そうだよ、と答えたのでしたが。

「違うよ、兄ちゃん」と背後から弟の声がしました。「お父さんはね、スナックにお酒を飲みに行ってるんだよ。知らない女の人も一緒にいるんだ。なんでわかんないの？」

そのスナックのことなら知っています。一度、連れていってもらいましたから。あのときは、ギンナンのお礼があるからと、父は母に断ったうえで出かけたのです。「知らない女の人」からは、オレンジジュースを飲ませてもらっています。なんでわかんないの、と言われてしまいましたが、知らないのは弟のほうです。きょうはきっと仕事に行ったのだ。否定されればそれだけ強く、僕にはそう思えたのでした。

「お母さんと一緒にソテツの林に行きたいって、お父さんが言ってたよ」と僕は伝えました。

「なんの話?」

「新婚旅行で行ったんでしょう? またいつか行きたいって」

「何を言ってるんだか」とあきれたように母は言うと、「まあ、あんたたちが大きくなって、手を離れたら……、どうかなあ」

母の口元に照れ笑いがにじんでいました。おっ、行く気あるんだ、と僕は少し意外に感じたものです。

しばらく弟とトランプなどして遊んで過ごしてから、母にあしたの登校準備を促され、ランドセルの中身を詰め替えはじめました。最近は、休み時間に恐竜の話を聞かせろと迫られることも途絶えていました。話題といえば、福岡の本拠地から近所の所沢に移ってくることに決まったプロ野球チームのことで持ちきりでした。それまで巨人かアンチ巨人かの二者択一に近かった状況が一変し、日本シリーズの一時期を除いてほとんど存在すら忘れられていたパシフィック・リーグがにわかに注目を集めていました。飯能に暮らす僕らにとって同じ県内、同じ私鉄沿線に、地元チームができるのです。そこにはこんな選手がいる、あんな選手もいる、それに対してライバルチームにはどんな選手がいるか、と熱心に語られるようになっていました。それでもいつ、からかいの種を求めて恐竜の話が浮上してこないともかぎらないので、学校生活というのは油断がなりません。

あすの支度を終えると、僕は弟と風呂に入りました。浴室の床に敷かれた木製のすのこは長年水気を吸ったり吐いたりしつづけて、すっかり黒ずみ、かすかなぬめりをまとっています。狭くて深い浴槽のなかで肩までお湯につかるには、僕と弟が同時に入って水かさを増す必要がありました。

風呂から上がってパジャマを着ると、僕は冷蔵庫のまえに立ち、マグネットで留められた給食の献立表を眺めました。フルーツポンチが出ることを確かめて、なんとかあしたもがんばろうと励みに感じたのでした。

それから台所の流しのまえで、歯磨きを済ませました。布団は、ふた間続きの和室のうちの居間でないほうの部屋に、三組並べて敷いてあります。片端の布団に母と弟が一緒に入り、まんなかは出かけていった父の分として空けたまま、もう一方の端の布団に僕が潜り込みました。

居間でないほうの部屋の窓を覆っていたのは、赤とだいだい色の格子縞のカーテンでした。カーテンの隙間から漏れ込んでくるわずかな月明かりを受けて、闇のなかに天井の木目模様がほのかに見えていました。仰向けに横たわった僕の真上には、アンモナイトのような模様がありました。アンモナイトは渦を巻いた殻のなかから顔を出し、大きな瞳で僕を横目にじっと見つめています。そのまなざしを感じつつ、僕は父から聞いた恐竜たちのことを思い浮かべていました。

　やがて僕の口のなかにも、苦い血の味がいっぱいに広がっていくようでした。エミリオがやられてしまった。ガビノがこれから友達の肉を食らうのだ。そう思うと、いたたまれない気分になりました。

　台所に行って水道で何度か口をゆすいでから、少しだけ水を飲みました。流し台から離れて居間に入ると、縁側に通じる木枠のガラス戸に震えの走る音がしました。床もかすかに揺らいだような気がします。地震か、と思ったものの、揺れはごく短いものでした。ただ、その震動は繰り返し、繰り返し訪れました。ガラス戸の手前を閉ざしていた障子には、花の形に切り抜かれた紺やえんじの千代紙がところどころに貼ってありましたが、まだふさがれていない新しい破れ目もいくつか残っています。障子のまえに寄っていき、少し身をかがめると、破れ目からガラスの向こうに目をこらしました。揺れはすでに収まっています。眼前には、月光のもとに黒々とした森の影が沈んでいるばかり。

　僕は障子とガラス戸を順々にそっと引き開け、どちらも閉めると、縁側から降りてサンダルを突っかけて庭に立ちました。庭といっても、どこまでがうちの庭で、どこからが誰のものでもない森なのか、その境目ははっきりしません。草むらのなかでは虫たちが甲高い音色をさかんに奏でています。秋の夜のひんやりした微風に首筋をなでられ、草のにおいを嗅ぎながら、耳をそばだて、目をみはってじっと立ち尽くしていると、黒い森の木立のはざまに大きな影の動きがあり、地面がかすかに揺すぶられたようでした。揺れが幾度か続いて止まったとき、僕の目のまえには肉食恐竜の姿かたちがありました。巨大というほどではなかったものの、目を合わせるにはいくらか見上げなければなりません。恐竜は、月明かりに輝くつぶらな瞳で僕を見つめ返して、

「こんばんは」と言いました。

本当は、ギャーオ、と言ったのですが、僕にはそれが「こんばんは」だと理解できました。

「こんばんは」と僕も恐竜の言葉で言ってやりました。「君は、アロサウルスのガビノなの？　なんだかずいぶんおとなびたみたいだねえ」

「なんだって？」とけげんそうに恐竜が応じました。「俺はアロサウルスのガビノじゃない。ティラノサウルスのミゲルだよ」

「へえー、そっか。僕は、ホモサピエンスの謙吾だよ」

「やあ、謙吾君。おまえさん、恐竜好きだと聞いてたけど、アロサウルスとティラノサウルスの見分けもつかないとはね」

「だって僕、生まれて初めて本物の恐竜を見たんだから」と言いわけしている自分自身が恥ずかしくなってうつむくと、また顔を上げて、「ところで、僕が恐竜好きだなんて、誰に聞いた

の？」

「おまえさんの父さんだよ」

「父さん？　お父さんを知ってるの？」

「ああ、ついさっき会ったよ。ずいぶん酔っ払って、よろよろと歩いていた。俺に気づいても、あんまり驚いたふうでもなかったな。それでね、頼まれたんだ。恐竜好きの息子がいるから、ちょっと顔を見せてやってほしいって」

「そうだったんだ。遠いところをはるばる……どのくらい遠いんだか知らないけど、わざわざ来てくれてありがとう」

「どういたしまして」

ミゲルは小さく頭を下げました。父の話に出てきたアロサウルスのガビノは赤茶の肌をしていましたが、目のまえにいるティラノサウルスのミゲルは、月光を頼りに見たかぎり、ほんの少し赤みを帯びた灰色をしているようでした。ティラノサウルスは、アロサウルスの生きたジュラ紀よりもあとの白亜紀の恐竜だったはず、と僕は思い出していました。ミゲルは立っていた場所から一歩、足を踏み出しました。

「そこ、気をつけて。明夫の造った池がある」

僕の指さす地面のあたりをミゲルが不思議そうに見つめています。

「あ、池っていうか水たまり。ちっちゃいやつ」と僕はあわてて訂正しました。

「ああ、これのことか」

納得したらしくつぶやいて、ミゲルが微笑んだように見えました。

「ねえ、クラウンライターライオンズが今度、西武ライオンズになったって知ってる？」

「ん？　なんのことだい？」

「プロ野球だよ。いま話題なんだけど。来年の春、所沢の球場に連れていってもらうって、お父さんと約束したんだ」

「そうなのかい。俺にはさっぱりわからない」

僕は少しがっかりしながら、気を取り直して、

「じゃあさ、アロサウルスのガビノのことは？」と尋ねてみました。

「それなら知ってる」とミゲルがあっさり答えます。「ただ、古い言い伝えとして聞き知ってるだけだけれどもね」

「ふうん。ブラキオサウルスのエミリオのことも？」

「もちろん」

「それじゃあ訊くけど、ガビノがエミリオの喉笛を咬み切って、そのあとどうなったの？　ガビノは、エミリオの肉を食べた？」

「そのあたりの話は聞いてなかったんだね？」

「うん。今夜お父さんから聞いたのは、口のなかに苦い血の味が広がったところまで」

「そうかい。だったら俺が、おまえさんの父さんに代わって、続きをちょこっと話すことにしよう」

「頼んだよ、ミゲルさん」

ミゲルは深呼吸するように大きく息を吸い込み、そっと吐き出してから、語りはじめました。

「ガビノは、命の抜けたエミリオの体を呆然と見下ろしていました。かたわらにいた母さんのガブリエラは、獲物を仕留めた息子が次の行動に出るのを無言で見守っているようでした。ガビノは思い切ってエミリオの体にかぶりつきました。お腹の一番やわらかいあたりです。ほんの少し食いちぎった肉のかけらを、なんとか飲み込んだものの、それ以上は胸が苦しくなるばかりで、どうしても食べることができませんでした。

残りの肉は、朝になってからほかのアロサウルスたちが寄ってたかって食い尽くしてしまいました。こどもの肉だから、きっとみずみずしくて、とびっきりうまかったのでしょう。『ついにガビノも狩りができるようになったんだねえ』『立派なもんだ』と食事を終えたアロのおとなたちから声をかけられ、その口元が血に染まっているのが目に留まると、ガビノはいたたまれなくなって駆け去っていきました。

『これからは、エミリオみたいに葉っぱを食べて生きる』

ガビノはそう宣言すると、ブラキオサウルスたちがやっているようにシダの葉っぱを口に含んでみたものの、体が受けつけてはくれません。石ころを飲むと消化にいいんだったかな、と思って実践してみましたが、苦痛なばかりで、小さいのを二つほど飲み込むのがやっとでした。

みるみる痩せ細ったガビノは、森のなかで倒れ、立ち上がれなくなってしまいました。どうすることもできずにつき添うガブリエラを見上げて、ガビノが語りかけました。

『母さん、俺のこと忘れないで。それに、エミリオのことも』

ガブリエラは息子をじっと見つめて、うなずきます。ガビノは微笑みを浮かべて言いました。

『俺はこのまま腐って、森の草木の栄養になるんだ。いつかエミリオの仲間たちが、俺から育った葉っぱをむしゃむしゃと頬張ってくれたらいいんだけどなあ』

それから眠るようにガビノは息絶えました。ガブリエラは悲しみに暮れながら、ギンナンの実ったイチョウの枝を折り取って、亡きがらのうえに載せました。

その後、ガビノの望んだように森の草木は生い茂り、いまもこうして大地を覆っているのです」

と言い終えると、ミゲルはまぶたを閉じて、ゆっくりとうなずきました。

「ねえ、ミゲルさん」

僕が声をかけると、ミゲルは目を見ひらいて、

「なんだい？」

「その森の葉っぱを、ヒメナは食べた？　おばあさんになった、ヒメナ」

「ああ、たぶん……」とミゲルは視線を上げて夜空を見やると、また僕のほうを見て、「いや、確かに食べた。ちょうどガビノが朽ち果てたところから生えたイチョウの木の葉っぱを、何も知らずにむしゃむしゃと。栄養たっぷりで育ったやつだから、葉っぱ好きにはたまらないごちそうだっただろうな」

「そうかあ」と僕は少しほっとしてつぶやくと、「ガビノの望んだ森っていうのは、ここらあたりの森のことなの？」

「ここらあたりもどこもかしこも、森といったらみんなそうだよ。昔といまじゃ、生えてる草木の種類もあらかた入れ替わってるがね」

「でも、イチョウだったら学校の校庭に生えてるよ」

「ふむ、そうだったかい」

「それで、ミゲルさんは入れ替わらなかったの？　恐竜ってもうとっくに絶滅したんだと思ってた」

「ああ、ほとんど絶滅したよ。もうじきすっかり絶滅すると言って間違いじゃない。なにしろ

俺の知ってるかぎり、俺のほかにはもう一頭も残ってないんだから」

ミゲルの顔をじっと見上げていると、皮のたるみがいくつものシワをなしているのが目につきました。

「ミゲルさんって、けっこうお年寄り？」

「そうとも。いまごろ気づいたかい。何千万年だか、もう数えきれないくらい生きてきた」

「ティラノサウルスにしては、わりと小さいよね」

小さいとはいっても、前かがみでなく背筋をぴんと縦に伸ばしたなら、僕の背丈の優に三倍ほどはありそうでした。

「確かに、俺なんかは同類のなかではうんと小さいほうだったよ。だからこそ、いまみたいに小さい生き物だらけの世界になっても生き延びられたんじゃないかな」

「何を食べて生きてるの？　葉っぱは食べられる？」

「俺もガビノと同じく、葉っぱを受けつけない体質なんでね。肉を食って生きてるのさ。草食恐竜がいなくなってからは、そのときそのときでうまそうなのを見つくろって食いつないできた。ついこないだまでは、マンモスなんかが手頃だったが、もうさっぱり見かけなくなった。いまは、まあ、いろいろだね。イノシシもシカもなかなかの獲物だし、クマと闘って倒したこともある」

「クマも食べたの？」と僕は目をみはって尋ねました。

「倒したものは、そりゃあ食べるさ」

「ホモサピエンスも食べる？」

「そうだな……、食べないとは言えない」とミゲルは答え、心持ち目を伏せました。

「こどもの肉って、おいしいの？」

そう尋ねながら、僕は一歩、二歩、そっと後ずさりしました。

「よほどのことがないかぎり、こどもの肉は食べないよ。エミリオみたいなのが自分から身を捧げでもしなければね。こどもを食い尽くしてしまったら、やがてその種族は絶滅してしまう。むしろ、こどもがほどよく育ってきたころ、親のほうをいただくんだ。こどもはそのうちおとなになって、次のこどもを産む。そしたらまた親のほうをいただく。これが賢いやりかただよ。だけど、もう俺も長くはない。獲物を狩る力がすっかり衰えてしまった。賢い肉食恐竜もついに絶滅するんだ。俺も葉っぱを食って生き延びることができればよかったんだが」

月光に浮かび上がったミゲルの青白い歯に、うっすらと赤い血の名残が見えました。

「さて、おまえさんの父さんとの約束は果たしたぞ。そろそろ山へ戻るとするよ。ほんの数日のうちに、最後の恐竜は山奥で倒れ伏しているかもしれん。そしたら俺も、森の草木の栄養になろう」

ミゲルが僕に背を向けて引き返していこうとしました。とっさに声をかけようとして口ごもってから、

「おとなの肉は、おいしかった？」と僕はやっとの思いで訊きました。

ミゲルは振り返って僕を見ると、

「それほどおいしくはなかったよ。おとなの肉っていうのは、たいていはそうさ。けれども食事にありついたおかげで、あと何日か、恐竜の絶滅までの日は延びた」

ミゲルは小さく息を吐くと、ゆるやかな動作で一礼するように頭を下げました。それから森のほうへと向き直り、一歩を踏み出しました。お父さん、と呼び止めたかったけれど、僕の口から声は出ませんでした。獲物になってしまった父は、恐竜になって生きつづけている。そうなんだろうか。お腹のなかで、どんどん恐竜に溶け込んでいるのか、すっかり溶けきってしまったか。そんなことを思いつつ、僕はミゲルの後ろ姿に目を向けて突っ立っていました。ミゲルは歩き去ることなく立ち止まり、

「駄目だ、駄目だ」と言いながら激しく首を横に振りました。

僕がその後頭部を見上げていると、ミゲルは振り向きざま一歩、こちらへ戻ってきました。そしてまた一歩、二歩、近寄ってくると、言いました。

「我慢して引き揚げようと思ったが、俺には無理だ。まだ、腹がすいている。食わせてくれ」

僕は恐怖のあまり微動だにできず、声を発することもままなりません。ミゲルはその様子を察したのか、心持ち語調をやわらげて、

「なあに、おまえさんじゃない。母さんを出してくれ」

「お母さん……」と僕は力なくつぶやいて、「絶対おいしくないと思う」と言い足しました。

「いいんだよ。美穂さんを連れてきてくれ。話がしたい」

「いやだ。さっき、食うって言った。咬みつくんだろう」

「咬みつかないよ。ひと目見るだけでいい。ほっぺたにキスぐらいするかもしれんが、それだけだよ。別れのあいさつをさせてくれ」

とがった歯と歯のあいだから、よだれがひと筋、垂れ下がるのが見えました。どうしてあの石器を埋めてしまったんだろう。僕は後悔に駆られていました。いまこそ闘いの武器として役立ったのに。あの石器を使うべき原始人とは、僕だったんだ。あせりを覚えつつ付近を見まわし、もっと強力な文明の利器に目を留めました。小さなシャベルです。走り寄って拾い上げると、切っ先をミゲルのほうに向け、にらみつけながら言いました。

「森へ帰れ。ここはもう、あんたの家じゃない。これはステゴのしっぽのトゲより鋭いんだ。帰らないと投げつけるぞ」

僕は耳元にシャベルを振りかぶり、投げ飛ばすかまえをとりました。ミゲルは潤んだ瞳に月

の光をためて、こちらを見つめていました。口元からよだれのしずくがこぼれ落ちます。僕はシャベルを握る手にいっそう力を込めました。僕の全身はかすかに震えているようでした。ミゲルが一つまばたきをすると、静かに言いました。

「わかったよ、謙吾。ここはもう、俺の帰る場所じゃない。さよならだ、息子よ。俺は、美穂さんを食べない。謙吾を食べない。明夫を食べない。誰も食べない。きょうも、あしたも、あさっても。ああ、苦しい……。でも、本当だよ」

ミゲルにじっと目を向けたまま、僕は考えていました。僕の知っている父と、見た目はほとんど似てないけれど、ミゲルの瞳の輝きに、どこか面影がある。これが父の新しい姿なら、僕は恐竜の息子になったんだ。まわりの森がどんなに昔と変わっていても、恐竜時代はまだ終わっていない。そして僕のジンセイとともに、これからも続いていくんだろうか。

ミゲルは、僕の表情をのぞき込もうとするかのように、顔をほんの少し、こちらへ近寄せてきました。そのとき、僕の足が一歩、ミゲルのほうに踏み出されました。依然、シャベルは僕の耳元に振り上げられたままです。ミゲルは顔を引っ込めると、後ずさりしました。勇敢でありたい、と僕は思いました。僕自身だけじゃなく、母と弟を守らなければ。このまま何も気づかず朝まで眠っていてほしい。僕とミゲルのあいだで決着をつけなくちゃならない。ミゲルになった父を守るためにも……。

ミゲルのことを人に知られてしまえば、獰猛な恐竜を退治するため、猟銃を持ったおとなたちが山へ入っていくでしょう。僕のお父さんなんです。そう言ったところで、きっと聞き入れてはもらえません。ミゲル、逃げるならいまだ。心のうちで、そう呼びかけていました。

僕がまた一歩、進み出ようとしたとき、ミゲルが後ろへ向き直りました。勢いよく振りまわされたしっぽのさきが、僕の頭の少しうえをかすめたようです。ミゲルが地面を蹴って駆け去っていきます。そのあとを追って、僕は走りだしていました。

ミゲルの繰り出す一歩ごとに、草を踏む音が鳴り、短い震動が生じます。僕は夢中で追いかけていきました。ミゲルを追い払わなくては。もう二度と戻ってくることのないくらい、遠くへ。誰にも話すことはできない。背負ってしまった秘密の重さを僕は感じ取っていました。ミゲルを追って走りながら、得体の知れない何かに追われているようで、不安でした。

しっぽのさきをゆらゆらと揺すぶりながら、ミゲルが木立のはざまを駆けていきます。僕はそのしっぽに導かれるように走りつづけました。次第に息切れがしてきます。足取りが鈍り、ついに僕は立ち止まってしまいました。するとミゲルも立ち止まり、振り向いて僕のほうを見ました。ミゲルと僕の目が合います。

思わず僕は、振りかぶっていたシャベルを手から落としてしまいました。呆然と突っ立ったまま、シャベルを拾おうという気も起こりません。そのとき僕は思ったのです。ミゲルに食べられたってかまわない。本物の恐竜になってしまいたい。それが僕の望みなんだ。

乱れた呼吸を整えながら、僕は言いました。

「咬みついても、いいんだよ」

ミゲルの二粒の瞳が、やわらかい光を帯びています。僕は意を決して一歩、まえに進み出ました。ミゲルはまばたきをすると、ためらいがちに視線を落とします。そしてふと、顔を上げて言いました。

「忘れないで。生きて。いつか伝えて」

忘れない？　恐竜たちのこと？　お父さんのこと？　問い返したい思いで、僕はミゲルを見つめていました。

ミゲルは身をひるがえすと、遠ざかるほうへと駆け出しました。僕は両手に何も持たないまま、あとを追って走ります。お父さん、なぜ僕を置いていく？　そう叫びたい気がして、けれど声にはなりませんでした。

不意に、ミゲルが進路を変えて、わきの木々のあいだに駆け込んでいきました。僕の視界から、揺れ動くしっぽが消えて、あとには闇が残りました。勢い込んで、僕は闇のなかにまっすぐ突っ込んでいきます。足が着地するはずの地面がありません。僕の体は、急勾配の崖を転げ落ちていきました。

傾斜の尽きた底に、僕はうつ伏せに倒れていました。あちこちの皮膚が擦れてひりつき、体中、打ちつけられたあとがずきんずきんとうずきます。口のなかを切ったのか、血の味がします。荒い呼吸を続けながら、痛みと疲労で動く気になれません。土のにおいが鼻腔に染み入ってきます。甲高く鳴く虫の声が聞こえていました。

ミゲルはどうしただろう、と気がかりでした。痛みをこらえながら体をひねり、仰向けになりました。崖のうえからミゲルがのぞき込んではいないか。そう思ったのですが、見当たりません。上空には無数の星が散らばって、丸々とした大きな月が黄色い光を放っています。僕は地面に寝転がったまま、闇のなかでじっと月を見上げていました。

最後のドッジボール

父の胸には、へこみがあった。ただでさえ痩せた体つきだったうえに、まんなかから右胸にかけて、まるで熊の太い手でえぐり取られたみたいにくっきりと、落ちくぼんだところがあったのだ。

風呂上がりにランニングシャツを着た父が、居間の座椅子に腰を下ろしてビールを飲んでいる。母もまた飲んでいて、僕と姉は小さなブラウン管のテレビに目を向けていた。コマーシャルになったとき、僕の目がテレビを離れ、白いシャツの布地になかば隠れた父の胸元へと引き寄せられた。やっぱり、へこんでいた。父の視線がこちらへ向いた。僕はとっさに立ち上がり、

「おやすみなさい」

と言ってとなりの部屋へと駆け込んだ。そこは一家の寝室だった。敷いてあった布団に横たわり、タオルケットに身をくるんだ。念のため自分の胸に手のひらを当ててみる。右、左と順

繰りに触れてみたけれど、へこみはなかった。代わりに、あばら骨の隙間から脈動を感じた。父が生まれ育ったのは東北の山あいの小さな町だった。熊が出ることもあったのだろうか。毛むくじゃらの熊が両手を高々と掲げ、歯をむき出しにして、低い吠え声をあげながら襲いかかってくる。脳裏に浮かんだそんな姿に恐れをなして、思わずタオルケットのへりを両手でつかんだ。ひんやりとしてやわらかい感触を確かめるように厚手のタオル地を揉んでいると、荒々しい獣は姿を消した。代わって現れたのは、あどけない顔つきをした黄色い熊だった。壺に手を突っ込んでハチミツをなめている熊のしぐさを眺めつつ、タオルケットをまさぐりつづけているうちに、いつしか僕は眠り込んでいた。

昼下がり、僕と姉は居間で扇風機の風に当たりつつ、あずき味のアイスバーをなめていた。

「ねえ、お姉ちゃん」と僕は呼びかけた。「お父さんの胸、へっこんでるんだよ」

「知ってる」

そっけなく姉は応じて、

「心臓の入っていないほうの胸」と言い足した。

「ふうん」

姉に訊いたら、たいていのことはわかる気がした。小学校で勉強しているからというだけじゃなく、落ち着いていて頼りになる感じがしたのだ。僕はまだ保育園に通っていた。

「なんでへっこんでるの?」と尋ねてみる。

「それは知らない。お父さんに訊いてみれば?」

「いや、いい」

それから二人で黙々とアイスを食べつづけた。そんなことを父に訊いたらきっと怒られる。凶暴な熊になって吠えかかってくる父……。想像しただけで怖かった。

僕が園児から小学生になるときに、引越をした。東京の高円寺にあった古ぼけた平屋建ての借家を出て、埼玉の越谷にある中古住宅へと一家で移った。一階に六畳一間とダイニングキッチン、風呂、トイレ、二階には四畳半が二間あるだけの、こぢんまりとした家だった。僕は二階のふすまをせわしなく開け閉めしながら駅名などを唱え、一人で東武伊勢崎線の車掌ごっこをしたものだ。家のかたわらには、わずかながら庭もあり、片隅にアジサイが生えていた。

小学校の近くを流れる用水路にはザリガニがいて、姉や近所の子たちと一緒に釣りをすることがあった。大きくて赤黒いザリガニはバケツのなかで堂々たるハサミを振り上げ、小さくて茶色じみたザリガニはおとなしくしていた。

通学路の途中にある小川の岸辺にはノビルという野草がひょろりと伸びており、学校帰りに引っこ抜くと白くつややかな球根が出てきた。近所の子によると、これは食べられるものだという。持ち帰って夕食のおかずに味噌をつけてかじってみたら、ネギみたいな辛みが口のなかにほんのりと広がった。子供よりも大人のほうが、酒のつまみになると喜んでいた。

ある夜、テレビを消して母が言った。

「歯を磨いて寝なさい」

「わたし、さき」と姉が駆けだすように居間を出た。

「えっ、なんで」と思わず僕もあおられて、あとに続いた。

ダイニングキッチンと洗面所のあいだの引き戸を姉があけると、風呂を出た父がパジャマのズボンを穿いた姿で立っていた。

「お父さん、なんで胸へっこんでるの」と姉が口走った。

言っちゃった……、と僕は思って身がまえた。こらっ、と低い怒声が響くのではないかと恐れたのだけれど、そうはならなかった。

父は驚いたように目を見ひらくと、とつとつとした口ぶりで、

「子供のころ、ボールをぶつけられた。ドッジボールか?」

末尾はなぜか問いかけるような言い草だった。それから口のなかにこもるように小さく笑った。

「嘘だあ」と遠慮なく姉が言った。

「嘘じゃないよ」

どこか恥ずかしげに微笑みながら父は言うと、パジャマの上着を羽織り、ボタンを留めていった。

昼休み、僕は校庭で飛び交う容赦ない球の攻撃からひたすらに逃げ惑っていた。それが、僕にとってのドッジボールというものだった。逃げてばかりいたのに、逃げることすら上達しなかった。足元に転がってきたのをうっかり拾い上げたところで、重くもないのに砲丸投げのような動作で安全にボールを送り返すことしかできなかった。

僕の放り込んだボールを難なく拾い上げた子が、いま、目のまえに立っている。スポーツ少年団で野球をやっている子だ。もう逃げられない。父だったら真正面から立ち向かい、ボールを受け止めようとするのだろうか。でも失敗したらたいへんだ。僕はとっさに彼に背を向け、ダンゴムシのように身を丸くした。周囲の笑い声と罵声が聞こえるなかで、背中にボールを思い切りぶつけられた。

「いてっ」

僕は叫んだ。笑い声が大きくなった。背中に手をまわしてさすりながら、内野から外野へと出ていった。叫んだわりに痛みはたいしたことがなく、すぐに消え散ってしまった。

越谷の小さな家での生活はたった四ヶ月ほど、小学一年の一学期だけのことだった。せっかく家を買ったそばから秋田への転勤が決まってしまったのだ。名残惜しくはあったけれど、いつかまたここへ帰ってくるときがあるのだろうと僕は思った。

父が勤めていたのは建物の給排水や空調といった設備工事の設計・施工を請け負う会社だった。秋田での二年間、父は郵便局の建設にたずさわった。都内の大学の建築学科を出ていた父は、図面を引いたり現場に出たりしていたようだ。現場からさほど遠くないところに青いトタン屋根の簡素な平屋が二軒建っていて、そのうちの片方に僕らは暮らした。塀も門柱もなかったけれど、冬には雪だるまをこしらえて玄関先に配置した。家からちょっと歩くと田んぼに行き当たり、暖かくなって水が張られたあとにはオタマジャクシが泳ぎだしていた。

次の赴任先は仙台だった。戦前から建っている黒ずんだ木造家屋にクリーム色の外壁の二階を増築したちぐはぐな家を借りて六年近く住んだのち、丘陵地のニュータウンに買い求めた建売住宅へと移り住んだ。その購入資金の一部に充てるべく、越谷の家は売り払われてしまった。

仙台で父がどんな建物の仕事にかかわったのか、僕は知らない。平日の帰りは遅く、休日は寡黙な父だった。僕も高校生になるとめっきり無口になり、学校も家も窮屈で、早く抜け出したいと願うようになった。大学への進学とともに上京して以来、何年にもわたって帰省することがなかった。

就職の前後から、それほどのかたくなさはなくなって、地道に働きつづけた父に対して一目置くような気持ちをいだくに至った。さほど積極的に帰るようになったわけではなかったものの、仙台への出張があれば泊まっていくようになっていた。父とはぽつりぽつりと短い言葉を交わすくらいではあったけれど。

枕元に置いたスマートフォンが震えている。日曜日だから目覚ましはセットしていない。繰り返される小刻みな振動は電話の着信を伝えるもので、画面を見ると母からだった。僕はベッドに横たわったままスマホを耳に当て、

「はい、もしもし」

そう言ったそばから、ある予感がした。九時過ぎとはいえ、朝から電話をかけてくるとはよほどのことではないか。一月下旬の部屋の空気はひんやりとしていた。東京よりも、電話の向こうの仙台のほうがもっと冷えているかもしれない。

「洋太《ようた》?」

母が確かめるように呼びかけた。僕は四十のなかばを過ぎていたけれど、母が名を呼ぶときの調子は子供のころから変わらない。

「うん。どうした?」

僕が尋ねると、勢い込んで母が話しだす。

「けさ、お父さんが倒れてた。ベッドのところで。さっき救急車で病院に着いたんだけど、お

いた。

医者さんが言うには、心肺停止だって」

「ああ……」

と僕の口から小さく声がこぼれた。心肺停止、という言葉にほとんど決定的なものを感じて

いた。

数年まえに父は肺炎にかかり、回復してからも、疲労時に苦しさが募ることがあったという。昨春には肺機能の衰えにより入院するに至り、肺線維症だということで、退院後の暮らしでも酸素の吸入器の助けを借りなければならなくなった。透明なチューブを耳にかけ、鼻のしたまでめぐらせて、そこから高濃度の酸素が供給されるのだった。固定式のほか、小型のカートに入れて持ち運べるものもあったのだけれど、本人としてはわずらわしかったのか、いつしか昼間は着けずに過ごすこともしばしばとなった。器具を持たずに一人でタクシーに乗って出かけ、街なかで飲み食いをして、青ざめた顔で帰ってきたこともあった。ずっと酸素の薄い高山にいるような状態で、頭がぼうっとするのか、ソファーでうつらうつらしていることも多くなっていたらしい。そんなことを僕はたびたび母から電話で聞いていた。

「まだ朔美《さくみ》とあなたにしか話してないから。朔美はこれからこっちに来るって」

姉もまた都内で暮らしていた。

「わかった。俺も行く」

向こうに数日のあいだ滞在することになるかもしれない。そう思って、ナップザックに着替えを詰め込んでゆく。それから歯ブラシ、コンタクトレンズの洗浄液、電動髭剃り、スマホの充電コード……。二階と一階を行き来しながら、ずいぶんと準備に手間取った。あせる気持ちはありつつも、どうしたってもう間に合わないという無力感もまた強く、僕の動きは緩慢だった。居間には妻がいて、二人の子らは子供部屋にいるようだった。小学生の子供たちに伝えるのはあとのこととして、妻にだけ事情を話し、荷造りを終えると僕は家を出た。

最寄り駅から電車に乗り、ナップザックを網棚に置くと、吊革につかまって立っていた。ふとポケットからスマホを取り出すと、メールが届いていることに気がついた。見ると母からで、〈葬儀屋さんが二時ごろ病院に迎えに来ます〉とあった。父はいくつだったかと考えてみて、七十六だと思い当たった。もうこれ以上、歳をとることはなくなってしまった。

上野駅で牛タン弁当を買い、新幹線に乗り込んだ。朝飯を摂りそこねたけれど、昼飯は食べておかなければと思った。弁当の箱の側面についている黄色いヒモを引き抜くと、底のほうで石灰と水が混ざって熱が生じ、ご飯が温められてゆく。しばらく待ってから箱をあけ、僕は黙々と昼飯を摂った。どうすることもできなかった。まるでこれから出張にでも行くような、平時と変わらぬ振る舞いだった。弁当は、ちゃんと牛タンの塩味がした。

かつては父も、仕事で仙台と東京のあいだを行き来したものだ。あれは僕が小学六年生のころだったか、父の出張が週末にかかるというときに、ついでに買い物を頼んだことがある。雑誌に載っているゲームのプログラムを打ち込んだり、自分でゲームを作ったりするために、小型の中古パソコンがほしかった。当時のパソコンはメーカーごとに独自の規格を採用していて、それぞれに個性があった。僕が惹かれていたのは、そのなかでもマイナーな機種だったのだけれど、雑誌の広告で秋葉原の店にあるらしいのを見て、父にお年玉の貯金を託したのだ。本体とキーボードが一体になった黒いパソコンで、フロッピーディスクに似た独特な記録装置を備えており、専用のディスプレイがなくてもテレビにつないで使うことができるものだった。

秋葉原に出向いた父から、家に電話がかかってきた。売り切れだと言われて別の機種を薦められた、という。僕はどうしても自分の選んだものがよかったので、八王子の店でも売っているみたい、と伝えた。「ん、わかった」と応じた父の口ぶりに、ちょっと困惑がにじんでいたかもしれない。僕は同じ東京ぐらいにしか思っていなかったけれど、横に長い東京都の東から西へ、電車で片道一時間ほどかかるのだった。けれど父は文句も言わずに八王子まで行って、買ってきてくれた。プチプチした梱包材に包まれ、紙袋に入れられた黒いパソコンを、父は家へと持ち帰った。当時からすでに時代遅れになりかけていたそのパソコンを、僕は何年にもわたって使いつづけた。

そんなことを思い起こしているうちに、「まもなく、仙台です」という車内アナウンスが流れた。三十数年まえ、出張帰りの父もまた、新幹線に乗っていた。アナウンスを聞いた父はおもむろに立ち上がり、きまじめな表情で、黒いパソコンの入った紙袋を頭上の荷物棚から下ろした。そんなときが、きっとあったのだ。さっきまで冬の田が広がっていた車窓を、市街地のビル群が流れてゆく。僕は立ち上がると荷物棚からナップザックを下ろした。

病院に着いたときには二時を少しまわっていた。姉はさきに着いていた。姉の三人の娘たちのうち、大学生の次女も一緒だった。母は心のうちこそわからないけれど、見かけは気丈そうだった。僕は遅れてきたために病院内では父の姿を見ることもないまま、すぐに斎場へと出発することになった。父を運ぶ黒塗りの車には姉と次女が同乗し、僕は母とともにタクシーに乗り込んだ。

後部座席に並んで座り、母からけさのことを聞いた。父は階段ののぼりおりをしなくて済むよう、一階の台所のわきにある小さな部屋のベッドで寝ていた。二階の寝室にいた母は、父がトイレに入ったらしいドアの音を耳にした。しばらくうつらうつらしていた母が、いつも起床する頃合いとなって階下におりてゆくと、ベッドにのぼりかけたところで上体を突っ伏して動かなくなっている父の姿があった。吸入器は着けていなかった。呼びかけてみても反応がない。駄目かもしれない。その時点で覚悟した。一一九番に電話をかけると、仰向けの姿勢にできませんかと言われた。けれどベッドに載せようにも床に下ろそうにも、母一人の力では動かすことができず、救急隊の到着を待つしかなかった。

僕は母の話にひとしきり耳を傾けると、あらためて確認するように、

「そしたら、倒れるまえにトイレには行けたんだね」と言った。

「そうなの」と母は答えて、「だから、それはよかったのよ」と言い添えた。

「うん。よかった」

誰であれ、いつしか命の尽きるときを迎えることは避けられないけれど、だからこそ、そのときがどんなふうに訪れたのかは気になる。体の具合が思うに任せず、苦しい日々が続いていたはずだ。けれど父は、いまわの際に自分のやりたいと思ったことを自力で成し遂げた。体から排出すべき水分を出し、もとの寝床へ戻ったところで力尽きたのだ。だから、よかった。そう僕は思った。父の顔つきを診た医師は、おそらく苦しまずにすっと意識が薄れていったことでしょう、と母に告げたという。

斎場は市街地にある五階建てのビルだった。ひとときロビーで待ったあと、エレベーターで上階へと向かった。着いたさきにあったのは、泊まれるようにしつらえられた空間で、キッチンスペースもあり、風呂もトイレもついていた。カーペット敷きで広々とした部屋の奥に、和室があった。そこに布団が敷いてあり、白地に紺の柄の浴衣に身を包んだ父が横たわっていた。

僕は布団のかたわらに正座して、父の顔を眺めた。静かな表情だった。

似てるな、と思う。

太い眉に、痩せた頬、面長の輪郭、そして何より、顔のまんなかに鎮座する大ぶりの鼻……。お互いに長年生きてきて、父の顔をじっくり眺める機会というのもなかったけれど、思いのほか僕に似ていた。この人のかたちを、僕は確かに受け継いでいる。そのことを了解せざるをえなかった。

やがて葬儀社の担当者が訪ねてきて、母と今後の打ち合わせをした。僕はかたわらでやりとりを聞いていた。生前の父の意向により、身近な親族だけでささやかに式を営むことになった。若いころからの親しい友人が何人かいるはずだったけれど、死に顔をなるべく人に見せたくない、というのも意向のようだった。父は新型コロナにかかったわけではなかったものの、コロナ禍の発生から三年ほどが経つなかで、好むと好まざるとにかかわらず、身内だけの式というのも珍しいことではなくなっていた。あすが納棺式、あさってが火葬と日取りが決まった。

葬儀社の人が去ってから、お墓はどうするのかという話になった。戦後ほどなく、福島県の中通りの町で父は生まれた。十人きょうだいの末っ子で、郷里の墓に入るという選択肢はなかった。樹木葬がいいと生前に語っていたというので、これからよい場所を探していくということになった。

夜、カーペットの部屋でテーブルを囲み、寿司を食べながら話をした。

「リュウちゃんは生まれつき肺が弱かったでしょう」と母が口にした。

父のことを母が僕らに話すとき、お父さんと言ったり、リュウちゃんと愛称で呼んだりした。母は父からイクさんと呼ばれていた。

「生まれつき?」と僕は問い返した。

「ロウトキョウで、右の肺がもともと弱かったから」

ロウトキョウ……、と心のうちで復唱しながら僕が呆然としていると、

「美咲ちゃんはわかるでしょう、漏斗胸」

と母が姉の次女に水を向けた。彼女は看護学科の学生だった。

「生まれつき、胸がへこんでいることですよね」

そうか……、と僕はなかば納得しかけながら、父の言葉を思い出していた。

——ドッジボールか?

父はそう言ったのだ。子供のころ、ボールをぶつけられた、と。

ドッジボールじゃ、なかったのか?

姉もいま、同じことを思っているだろうか。それとも、ドッジボールじゃなかったと、とっくに知っていたのだろうか。姉のほうに視線をやると、すました顔で甘エビの寿司に醤油をつけている。僕はあえて、口に出して尋ねてみることはしなかった。

「だから、山登りに行ったって、あの肺で苦しかったんじゃないかと思うんだけど、それを乗り越えるのが好きだったんだね、あの人は」

どこか誇らしげに母が言った。十年ほどまえに山で足を滑らせて骨折するまで、東北の山々を中心にあちこち登りに出かけていた父だった。

「わたしそういうの全然わかんない」と姉が応じた。「わざわざつらい目に遭いに行って、それを克服するとかっていうのは……」

「わたしもね、わかんないの、それは」

と言って母は、わからない人のことを慈しむように笑みを浮かべ、ビールのコップを口元に運んだ。

胸のへこみをめぐって、父の言葉を聞いたのは、いつ、どこでだったのだろう。記憶をたぐり寄せようと試みながら、僕もビールを少しばかり喉に流し込む。越谷の小さな家でのことだったか……。そうに違いないという確信はなかったけれど、わずかしか住めなかったあの家を、せめて大事な追憶の舞台として呼び覚ましたかった。僕は幼いころに遭遇したはずの一場面を、思い出すというよりもほとんど想像するように、心に描き出していた。

ロウトキョウだと言われてみれば、それが真相らしくも聞こえるけれど、ドッジボールか？という問いかけの輝きが損なわれることはなかった。そうやってとぼけてみることで、父は自分の身に抱え込んだどうにもならない運命と折り合いをつけながら生きてきたのではないか。そんなことは何も考えていなかった、と父は言うかもしれないけれど。

夜が更けて、和室とカーペットの部屋に布団を敷いた。僕は和室の布団に、父とは頭の向きを逆にして横たわった。もう父はけっして目覚めることがないのだ。あさってには火葬場で焼かれ、父の肉体が失われる。苦しみと喜びを体感してきた器が、消えてしまう。それはいったいどういうことなのか。僕自身がうつろな器になってしまって、悲しみともつかない、寂しさともつかない、確たる色をもたずに湧きかけては流れ出てゆく自分の感情をしかと捕まえることができなかった。僕はまぶたを閉じて静かに呼吸を続けながら、眠りへと沈んでいった。

足元に落ちていたボールを拾い上げると、両手で胸のあたりに掲げ持った。しまった、と思う。だけど持ってしまったからには投げるしかない。僕は内野に立っていて、棒切れで地面を削って引いた線の向こうに、相手側の内野の子たちがいる。次の時間は体育だったから、みんな半袖の白い体操着を身にまとっていた。そのなかで、一番近くの真正面に立った少年に目を惹かれた。後ずさりもせず、両手を下げて、堂々と胸を張ってその場に立っている。俺を目がけて投げてみろ、と挑んでいるかのようだった。

無理だ。僕がふわりと放り投げたボールを彼は難なく受け止めて、すぐさま剛速球を投げ返してくるだろう。そして僕が仕留められるのだ。そうなることがわかっているからこそ、彼はあれほど無防備な姿勢でいられるのだ。

でも、どうしてだろう。不意に奮い立つ気持ちが湧き上がってくるのを感じた。思い切り投げてやる。もしかしたら僕にだって、できるかもしれない。

右手に持ったボールを振りかぶり、ありったけの力を込めて投げつけた。思いもよらないほど鋭く、まっすぐにボールが飛んでゆく。少年は手をまえに差し出さなかった。体でボールを受け止めて、弾き飛ばされたように仰向けに倒れ込んだ。

周囲の子たちから、どよめきが起こった。誰よりも僕が驚いていた。急いでそばに駆け寄った。少年のまわりに人垣ができる。目を閉ざした少年の顔に、苦痛の表情が見て取れる。僕は少年のかたわらにしゃがみ込み、

「リュウちゃん、大丈夫?」

と声をかけた。自分で言っておきながら、リュウちゃん?　と自問する。

少年の目がぱっとひらいた。不思議に輝きを帯びた瞳で僕を見上げて、何か言いたげだった。僕は少年を見つめ返して、声を聞き漏らすまいと耳を澄ました。少年の口がひらいた。

「俺はもう、これでおしまい。洋太とドッジボール、できてよかった」

少年の顔にじっと視線を落としていると、大ぶりの鼻がとりわけ僕に似ているように思えた。

胸を張って立っていたさっきまで、落ちくぼんだところなんてなかったはずだ。でも、いまは……。僕は片手を少年の胸のうえに置いた。まんなかから右胸にかけて、心臓の入っていないほう。体操着の白い厚手の布地越しに、僕の手のひらがはっきりと、へこみを感じ取っていた。

初出
「恐竜時代が終わらない」　「文學界」二〇二一年七月号
「最後のドッジボール」　書き下ろし

■著者プロフィール
山野辺太郎（やまのべ・たろう）
1975年、福島県生まれ。宮城県育ち。東京大学文学部独文科卒業、同大学院修士課程修了。2018年、「いつか深い穴に落ちるまで」で第55回文藝賞を受賞。著書に『孤島の飛来人』（中央公論新社）、『こんとんの居場所』（国書刊行会）などがある。

恐竜時代が終わらない

2024年5月8日　第1刷発行

著者　山野辺太郎
発行者　池田雪
発行所　株式会社 書肆侃侃房（しょしかんかんぼう）
〒810-0041 福岡市中央区大名2-8-18-501
TEL 092-735-2802　FAX 092-735-2792
http://www.kankanbou.com
info@kankanbou.com

編集　池田雪
DTP　黒木留実
印刷・製本　シナノ書籍印刷株式会社

ISBN978-4-86385-625-7　C0093

第５回ことばと新人賞受賞作

フルトラッキング・プリンセサイザ

池谷和浩

VR に AI、最新のテクノロジーを題材としながら、読後には人肌のような温みが残る。読者はきっと、作中人物たちに対して抱く自分の優しさに驚くだろう。それは視点やナラティブがつくり出す仮想現実的な効果であり、それこそが作者が小説に持ち込んだテクノロジーなのだ。

——滝口悠生

情報と身体、科学と物語がますます複雑に交差し、いま「感覚の大気」が変動している。行方がわからないその変動を、この小説家は、現時点で生け捕りにしているかのようだ。

——千葉雅也

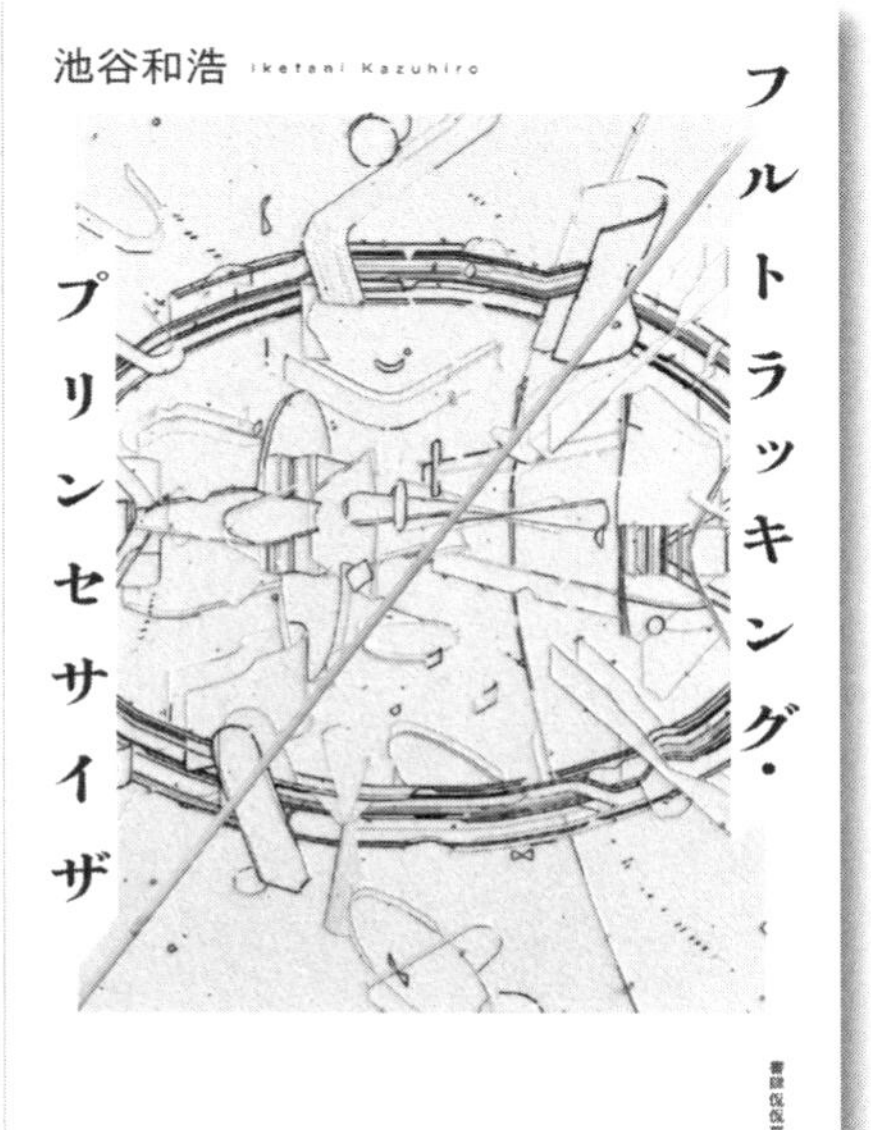

四六判、上製、224 ページ　定価：本体 1,800 円＋税　ISBN978-4-86385-627-1
装幀：成原亜美（成原デザイン事務所）　装画：盛圭太

第４回ことばと新人賞受賞作

銭湯

福田節郎

読む／書くを通して、人は自由にどこにでも行かれる。言葉にはこんなことができるのだし、言葉にしかこんなことはできない。見事な文章体力の、風通しのいいチャーミングな小説。

—— 江國香織

呆れ返ること必至！　笑っちゃうこと不可避!!　なのにグッときちゃうこの不思議!!!　新人はヘンテコなくらいがちょうどいい。人間は少しダメなくらいがちょうどいい。生き方はゆるいくらいがちょうどいい。だから福田節郎の小説は、すごくいい。

—— 豊﨑由美

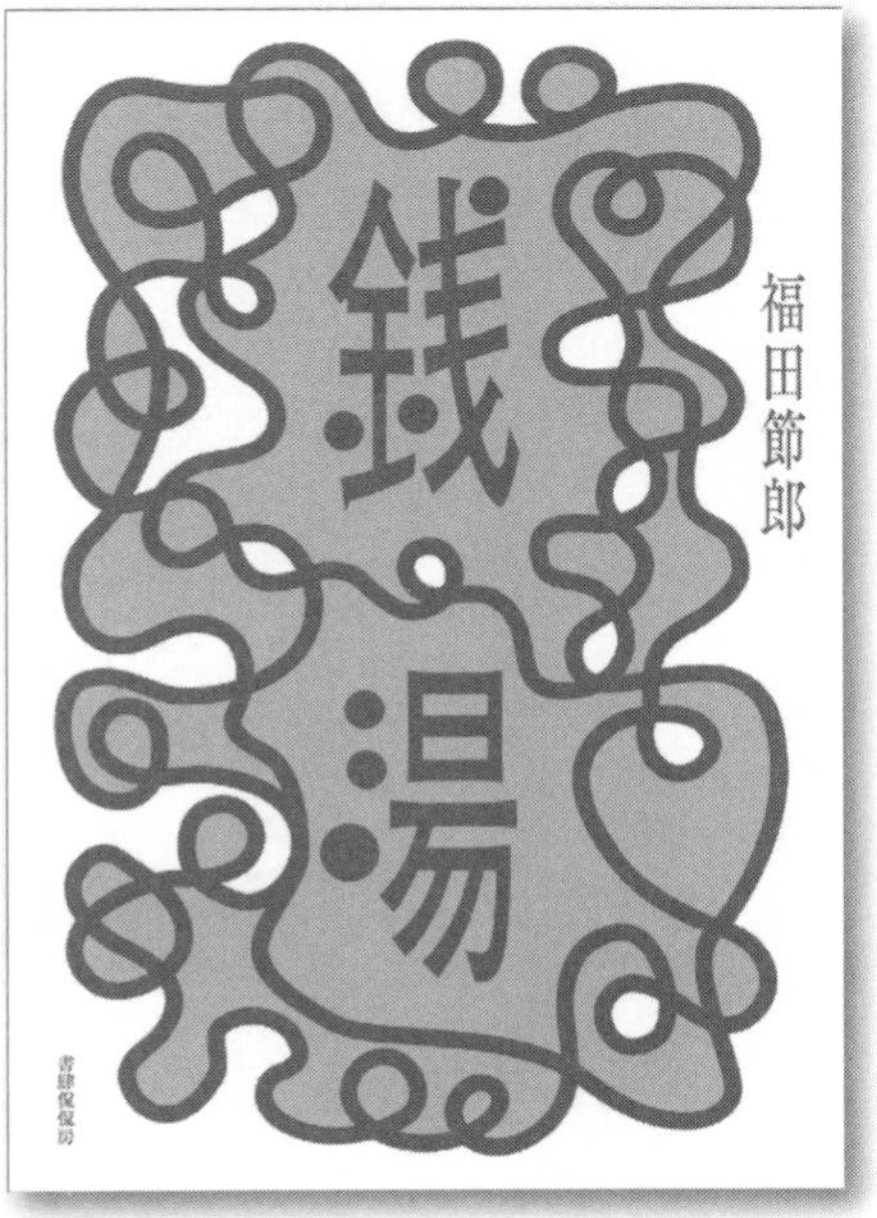

四六判、上製、224 ページ　定価：本体 1,600 円＋税　ISBN978-4-86385-577-9
装幀：加藤賢策（LABORATORIES）

直木賞受賞作『流』の続編「I Love You Debby」ほか、
珠玉の作品６編を収録。

わたしはわたしで

東山彰良

人生はままならない。諦めの連続だ。悲しくて。悔しくて。寂しくて。一瞬成功したかにみえても待ち受けている落とし穴は底なし。

『流』の読者が知りたかった叔父の秘密がついに明かされる「I Love You Debby」、元殺し屋かもしれない男の運命を左右する首なしお化けに振り回され、ついに……「**ドン・ロドリゴと首なしお化け**」他、幸も不幸も薄紙をはがすように透けて見える、語り巧者の東山彰良が描く異色の６編。

四六判、並製、256 ページ　定価：本体 1,800 円＋税
ISBN978-4-86385-605-9
装幀：藤田瞳　装画：渡邊涼太

怖れと闇と懐かしさ　ムラタワールドの「短編愛」

耳の叔母

村田喜代子

短編はコロコロと手の上で転がしながら考える。
うまく芽がでてすくすく伸びると、やがてひとつの「話」がひらく。
芥川賞作家、村田喜代子の選りすぐりの短編８編を収録。
美とおののきの短編アンソロジー。

四六判、上製、240 ページ　定価：本体 1,700 円＋税
ISBN978-4-86385-547-2
装幀：毛利一枝

第 65 回現代歌人協会賞を受賞した歌集『Lilith』など、みずみずしい才能で注目される歌人・作家、川野芽生、待望の初掌編集。

月面文字翻刻一例　川野芽生

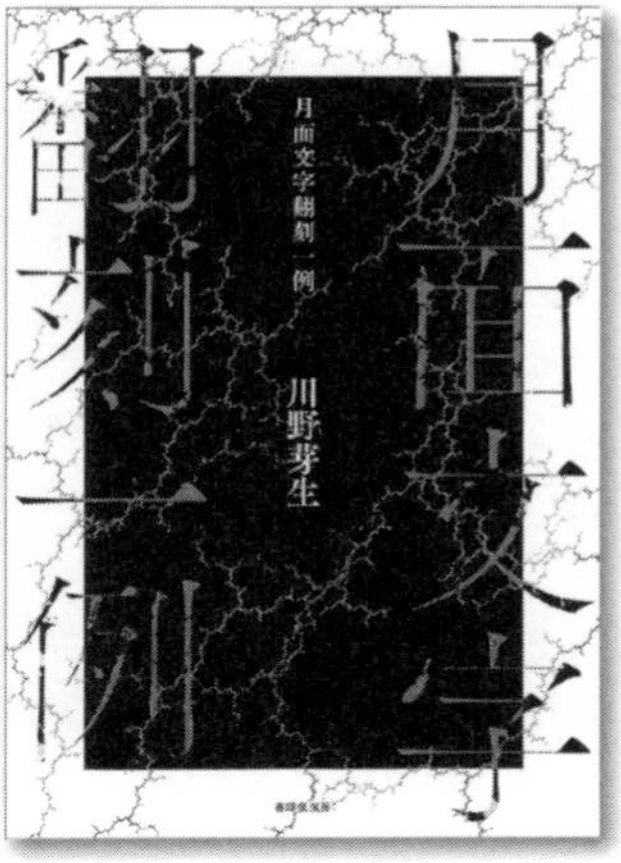

誰もが探していたのに見つからなかったお話たちが、こうして本に育っていたのをみつけたのは、あなた。
———円城塔

『無垢なる花たちのためのユートピア』以前の初期作品を中心に、「ねむらない樹」川野芽生特集で話題となった「**蟲科病院**」、書き下ろしの「**天屍節**」など全 51 編を収録。

四六判、上製、224 ページ　定価：本体 1,700 円＋税
ISBN978-4-86385-545-8
装幀：ミルキィ・イソベ＋安倍晴美（ステュディオ・パラボリカ）

「批評家卒業」宣言をした佐々木敦が挑む、実験的な初小説。

半睡　佐々木敦

真面目で初々しく不器用で切ない。大事な思いのこもった、子どもが泣いているような小説だ。

——山下澄人

小説を書くというのは、人工的に無意識をつくることだと思う。事物に「もう半面」をつくるのである。

——千葉雅也

四六判変型、上製、192 ページ
定価：本体 1,600 円＋税　ISBN978-4-86385-486-4
装幀：佐々木暁　写真：かくたみほ

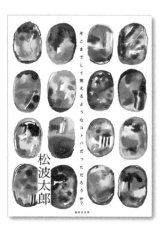

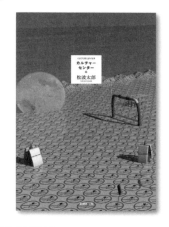